구멍가게, 오늘도 문 열었습니다

그림과 글 이미경

남해의봄날 ●

일러두기

· 이 책의 그림은 2017년부터 2020년 5월까지 그린 작품으로 그중 일부는 〈동전 하나로도 행복했던 구멍가게의 날들〉
  한정 특별판과 신문 연재에 소개되었습니다.
· 작품 캡션은 작품명, 소재지, 작품 크기, 제작 연도 순서이며 작품은 모두 종이에 아크릴 잉크와 펜으로 작업했습니다.
· 취재 시 문을 열었던 가게에만 소재지를 표기했으나, 영업 여부는 현재 상황과 다를 수 있습니다.

오늘도 열려 있는 구멍가게를 찾아서

가게를 찾아 떠나는 여행은 늘 두근거립니다. 길 위에서 만나는 오래된
구멍가게와 주름진 주인 어르신의 편안한 미소를 마주하고, 화창한 햇살에
기대어 머뭇거리다 반갑게 웃고, 조심스레 묻고, 물건을 사고, 의자에 앉아
먼 산을 바라보는 모든 시간이 설렙니다. 그렇게 차분히 좌우를 둘러보며
눈에 담은 지붕, 대문, 간판, 자전거, 우체통, 화분, 장독대, 의자, 평상, 나무,
뒷산 등등 그냥 지나치기 쉬운 모든 소소한 사물들이 제가 그리는 그림
안에서 각자 멋진 역할을 해냅니다.

3년 전 남해의봄날에서 출간한 〈동전 하나로도 행복했던 구멍가게의
날들〉을 통해 20년 동안 작업한 구멍가게 그림을 소개하고 화가로서
묵혀 두었던 생각과 제 이야기를 전할 수 있었습니다. 덕분에 독자분들과
함께 구멍가게에 대한 유년의 기억을 떠올리며 행복했습니다.
다만 구멍가게 대부분이 문을 닫아 안타까웠습니다. 이 책에는 2017년부터
최근까지 새롭게 그린 가게를 담았습니다.

어딘가에 열려 있을 가게를 찾아 나서고 자료를 모아 펜 선으로 그려 내는 작업은 더디고 긴 여정이었습니다. 더욱이 시간이 나는 대로 틈틈이 글도 함께 써야 했기에 힘에 부치고 마음의 부담도 컸습니다. 그림을 그리면서 가끔은 이미 닫혀 버린 가게 문을 활짝 열어 상상의 구멍가게를 그리기도 했습니다만 되도록 과거의 추억만이 아닌 오늘도 열려 있는 구멍가게를 찾아 소개하려고 했습니다.

우연히 제 책을 펼치는 독자를 만나면 이렇게 말을 건네고 싶습니다.

"책장을 넘기면서 구멍가게 그림은 좀 더 가까이 다가와 들여다봐 주시고, 시간이 천천히 흐르는 시골의 어느 마을 어귀 '당리가게' 굴뚝의 밥 짓는 뿌연 연기를 바라보고, 때로는 연극무대 같은 판교면 '서천 마을슈퍼'의 골목길을 걷기도 하고, 서울 중심가 한가운데에 있는 '부산상회'에 들어가 잠시 쉬기도 하면서 저와 함께 여행하듯 가볍게 읽어 주셨으면 하는 바람입니다"라고요.

길을 걷다가 잠시라도 눈을 크게 뜨고 보세요! 거의 다 사라졌다고 생각할 수 있지만 각 지역마다 구석구석 문을 열고 손님을 기다리는 많은 구멍가게를 발견할 수 있습니다.

그동안 구멍가게를 찾아 나섰던 날들을 떠올리면 한적한 시골이나 혼잡한 도심의 언저리마다 오아시스 같은 구멍가게가 있었습니다. 그곳에서 허전했던 마음의 틈이 어느새 위로 받고 다시 따뜻하게 차올랐습니다.

지금까지 만났던 구멍가게와 주인 어르신들이 들려주는 삶에 대한 이야기를 통해 나를 돌아보는 시간이 되었으면 합니다.

차 례

part 1

다시, 구멍가게를 찾아 나선 여행

여
행
길

사람 없는 외진 길, 그래서 더 한적합니다. 정해진 길이 없습니다.
나름 목적은 있되 목적지가 없습니다. 그래서 더딥니다.
좀긋했던 더듬이를 좌우로 비틀어 한눈을 팝니다. 아무도 눈여겨보지 않는
곳에 발걸음을 멈추고 저는 그렇게 반짝반짝 눈을 뜹니다.

길 위에서 시간은 느리게 갑니다.

❖ 강변슈퍼 | 경남 하동군 | 59.5×73cm | 2018

❖ 하동 나루터길 가게 | 45×80cm | 2018

부광상회

이른 아침 서울역에서 출발한 기차는 1시쯤 목포역에 도착했습니다.
서둘러 점심을 간단히 하고 역에서부터 시작해 골목을 누비며 서너 시간쯤
걸었습니다. 12월 초 햇볕이 쨍한 날이지만 바람이 불어서인지 응달은
살이 에일듯 추웠습니다. 혹시라도 지나칠까 싶어 어지간하면 구석구석을
걸어서 다니는데 춥기도 하고 곧 해가 질 것 같아 어쩔 수 없이 택시를
탔습니다.
"아저씨, 째보선창 근처 '대반상회'로 가 주세요"라고 행선지를
알려드리자, 택시는 유달산 둘레 도로를 한참 달려 해안가 목적지에
멈춰 섰습니다. 그런데 멀리까지 온 보람도 없이 대반상회는 구멍가게가
아니었습니다. 내리지도 못하고 허탈한 마음에 "아… 여기가 아니네요.
아저씨, 이 근처에 오래된 구멍가게가 있나요? 혹시 아세요?"라고 묻자,
덩치가 큰 중년의 목포 토박이 기사님은 "쪼께 기다려 보시요잉" 하더니
뭔가 떠오른 듯 갑자기 택시를 돌려 도로 반대편 해안가 집들 사이의
오르막길을 달리기 시작했습니다.
비좁은 골목이 구불구불 이어지는 까끄막 비탈을 차가 벽에 닿을 듯 말 듯

❖ 부광상회 | 전남 목포시 | 60×73cm | 2019

오르자니 마음이 아슬아슬해서 나도 모르게 손잡이를 꽉 붙잡고 "우와! 아아-" 비명이 저절로
새어 나왔습니다. 택시 기사님이 언덕 위에서 차를 '뚝' 멈추더니, "여그가 음청 오래 되았는디,
손님이 찾는 곳이 맞나 모르것소" 하며 안내한 곳이 아리랑고개에 있는 '부광상회'였습니다.
새로 올린 주황색 함석지붕이 눈에 띄는, 작은 매점처럼 보이는 가게를 찬찬히 살피니 칠을 한
창틀과 문 사이 켜켜이 쌓인 세월의 흔적이 보였습니다. 아리랑고개에서 가게 옆으로는 유달산
노적봉을 오르는 등산로가 나 있고 고개 왼쪽 마을은 서산동이고 좀 전에 올라왔던 고개
반대편 골목을 내려가면 온금동이 있습니다. 부광상회는 여행자들의 이정표와 쉼터 역할을
하는 듯합니다.
주인아저씨 명패 옆 문으로 가게 안에 들어서니 겉보기와 다르게 부엌 딸린 방이 되어
더 아늑했습니다. 어릴 적부터 이곳에서 살았다는 주인아저씨는 홀로 이곳을 지키고
계셨습니다. 얼마 전 목포시에서 가게 지붕이 낡았다며 새것으로 해 줬답니다. 세상과 등지고
산 지 오래돼서 컴퓨터도 텔레비전도 휴대폰도 없다는 아저씨는 이곳에 가끔 들르는 손님이
세상과의 유일한 소통이라고 하셨습니다. 소주 반병 쟁반에 올려놓고 냄비에 후루룩 끓인
찌개로 소박한 저녁을 준비하고 계셨습니다. 주인아저씨의 사연이 자못 궁금했습니다만 이미
시간도 늦었고 타고 온 목포 택시가 제가 나오길 저만치에서 기다리고 있었기에 아쉽지만 그만

내려가야 했습니다.
삼겹살이라도 사서 또 찾아뵙겠다고 하자 막걸리에는 두부 한 모면 충분하다고 하시며 다시
오면 살아온 이야기도 들려주겠다 하셨습니다.

인생의 고비마다 고달픔과 애환을 짊어지고 넘어야만 하는 한恨 많은 고개를 아리랑고개라고
불러왔습니다. 고단한 몸으로 비탈길에 의지하며 살아온 삶을 위로하듯 온금동으로 향하는
택시에서는 '목포의 눈물' 애잔한 곡조가 흘러나옵니다.
마음에 무언가 자꾸 움켜쥐려는 집착이 감지될 때 두부 한 모 사 들고 다시 아리랑고개에
올라야겠습니다.

청운면에서-봄 | 80×80cm | 2018 ❖

❖ 청운면에서-여름 | 80×80cm | 2018

청운면에서-가을 | 80×80cm | 2018 ❖

❖ 청운면에서-겨울 | 80×80cm | 2018

우리 슈퍼

몇 년 전 서울의 한 전시장에서 해남에 사신다는 분과 인사를 나눴습니다.
어느 날 그분에게 가게 사진과 함께 '우리 동네의 구멍가게예요. 가을이
가기 전에 해남에 들러 주세요'라는 문자를 받았습니다. 조만간 해남에
가면 찾아뵙겠다고 약속을 했지만 얼마 뒤 휴대폰을 분실하면서 연락처도,
구멍가게 사진도 모두 사라지는 바람에 까마득히 잊고 지냈습니다.
지난봄, 진도항과 운림산방, 울돌목을 지나 문내면 고당리에서 해남으로
넘어오면서 문득 그 가게가 떠올라 찾고 싶었습니다. 한적한 곳,
큰 삼거리에 자리한 검은 양철지붕의 가게로 우측에 우체통과 곱게 단풍이
든 나무가 있는 사진은 또렷이 기억하고 있었지만 이름을 모르니 완전히
서울 가서 김 서방 찾기였습니다. 앗! 그런데 황산면에서 국도로 조금
올라가니 눈앞에 나타난 가게는 분명 기억 속의 그 모습이었습니다.
세상에! 제가 찾았다기보다는 구멍가게가 저를 자석처럼 이끄는
듯했습니다. 가게 간판이 지붕 밑에 달려 있어 잘 보이지 않았지만 너른
들판에서 '우리슈퍼'를 찾은 것은 행운이었습니다. 오던 길 주변에 커다란
라일락 나무가 종종 눈에 띄어 신기했는데 우리슈퍼 뒷마당과 바로 앞

도로에는 자주색 꽃들을 활짝 늘어뜨린 더 크고 오래된 나무들이 뻗어 있었습니다. 라일락 중 세계에서 가장 인기 많은 품종 이름이 '미스김 라일락'이라고 하지요. 1947년 미국의 어떤 식물학자가 우리나라에만 자생하는 라일락을 북한산에서 채집해 돌아갔는데요, 그것을 개량한 후 그 일을 돕던 직원의 성을 따서 이름을 붙였다고 합니다. 그리고 다시 우리나라에도 들여왔답니다. 낭만적이게도 꽃말이 '젊은 날의 추억'입니다.

저의 친정어머니와 동갑이라는 주인아주머니는 나이보다 젊어 보이셨습니다. 먼 곳에서 찾아온 이유를 말씀 드리자 마당 안에 있는 백 년쯤 된 라일락 나무를 보여 주셨습니다.

지금은 폐교가 되었지만 두 딸아이와 아들이 모두 사거리 맞은편에 있는 황산동초등학교에 다녔는데 학교를 마치면 친구들을 우르르 몰고 와 군것질거리를 나눠 먹었고 가게 덕분에 아이들 모두 학교 다니는 내내 반 친구들의 부러움과 인기를 독차지했답니다. 학교의 학생들이 많아 오전, 오후반으로 나누어 등교해야 했고 아저씨는 아침마다 술독을 받아서 일일이 작은 막걸리 통에 술을 나눠 담아 팔았다고 합니다. 그때는 드나드는 사람이 많아 장사도 잘되었답니다. 두 아이는 결혼해서 서울 가까이 사는데 제 또래의 똑똑한 큰딸이 서울의 사범대에 합격하고는 그만 불의의 사고로 아주머니의 곁을 멀리 떠났다고 하시며 눈시울을 붉히셨습니다. 가슴에 묻은 지도 어느새 30년이 지났다고 했습니다. 가게 문밖으로 나와 저만치 가는데 뒤따라오시며 냉장고에서 금방 꺼낸 시원한 캔커피를 가는 길에 먹으라고 손에 꼭 쥐여 주셨습니다.

그 많던 아이들의 재잘거림은 온데간데없고 봄 햇살에 라일락 향기만 가득했습니다.

❖ 해남 우리슈퍼 | 전남 해남군 | 56×115cm | 2019

명진슈퍼

영광군 대마면, 조용한 마을 한가운데를 가로지르는 널찍한 장보사거리에
노란 간판 하나가 햇빛을 받아 유달리 눈에 띕니다. 바로 '명진슈퍼'입니다.
동네에서 제일 오래되었다는 이 가게는 일제강점기 때 일본인이 살던 집
문간채였는데, 길을 넓히면서 한쪽은 잘려 나가 도로가 되고 겨우 남겨진
공간이라고 합니다.

50여 년 전 주인아저씨의 부모님이 '밝을 명明, 참 진眞' 아들 이름으로
가게를 열었습니다. 잠시 서울에서 살던 아저씨도 이곳으로 와 부모님과
함께 가게 일을 도우며 결혼도 하고 1남 4녀 자식들을 키우다 보니 금세
일흔을 훌쩍 넘겼답니다.

이야기를 나누고 있자니 가게를 찾은 동네 할아버지께서 "여기 아주머니가
손맛이 워낙 좋아서 뭐든 있는 재료로 뚝딱 음식을 만들어 내오면 다
맛있었지. 근방에 소문이 나서 엄청나게 인기가 많았소!"라며 아주머니
칭찬을 늘어놓으셨습니다.

무슨 말인가 했더니, 근처 공장 단지가 있던 때는 사거리 오가는 차도
많았고 당연히 장사도 잘되었답니다. 맞은편의 윤대슈퍼도 그 무렵 생긴

가게라고 합니다. 정육점도 겸하며 주인아주머니가 가게 한쪽에서 돼지고기를 요리해 주셨는데 가격도 싸고 맛도 있어 호주머니가 가벼운 공단 근로자와 마을사람에게 두루 사랑 받았다고 합니다. 그러나 시간은 흘러, 공단이 문을 닫고 얼마 후 신작로도 생기면서 가게 앞길을 지나던 차들이 우회도로로 빠져나갔습니다. 텅 빈 큰 사거리지만 윤대슈퍼는 마실 나온 할머니들, 명진슈퍼는 사랑방처럼 드나드는 할아버지들 덕분에 그나마 적적함을 달래고 있는 듯합니다. 맛집으로 명성을 떨쳤다던 명진슈퍼 아주머니의 손맛이 전설로 남아 회자되니, 해 질 녘 노르스름 잘 구운 삼겹살에 소주 한잔이 생각납니다.

명진슈퍼 | 전남 영광군 | 38×70cm | 2020 ❖

감나무집 가게 | 73×59.5cm | 2017 ❖

온금수퍼

여행을 하다가 골목에 들어서면 때론 남아 있는 일제강점기의 흔적과
마주칩니다. 유달산 아래, 바다를 굽어보는 위치에 자리한 온금동은
여름에는 시원하고, 겨울에는 볕이 잘 들어 따뜻한 곳입니다. 이정표처럼
높다랗게 솟은 세 개의 굴뚝이 이곳에 조선내화 옛 공장이 있음을
알려줍니다. 오래전 문을 닫은 공장, 높은 담장 사이로 무너져 내린 지붕과
나뒹구는 세월의 흔적이 보입니다.

온금동은 조선내화 공장과 함께 생겨난 동네입니다. 한창때는 작은
동네가 사람들로 붐볐고 일꾼들의 고단함과 허기를 달래 주던 선술집과
구멍가게도 많았습니다. 1997년 공장이 문을 닫자 사람들도 떠났고, 문
닫힌 비디오 대여점 유리창 안 선반마다 가지런히 진열된 비디오테이프가
오지 않을 손님을 기다리는 중입니다.

여전히 이 골목을 지키는 '온금수퍼' 앞에는 자식처럼 키운 올망졸망
화분이 모여 정원을 이루고, 아침 햇살 채송화는 간밤에 오그라들었던
꽃망울을 활짝 피어 나를 반깁니다.

❖ 온금수퍼 | 전남 목포시 | 33×62cm | 2019

지금은 사라진 마을 앞 쩨보선창이 고깃배와 어부로 북적였을 때, 가난한 뱃사람들이 바다로
나가면 동네 아낙네들은 공장에서 벽돌을 만들며 남정네들을 기다렸습니다. 고기가 안 잡히는
조금 때가 되면 어부들은 잠시 집으로 왔다 다시 바다로 돌아갑니다. 그러고 나면 아낙네들의
배가 점점 불러 오고 열 달 후 비슷한 시기에 아이들이 태어납니다. 이 아이들을 조금새끼라고
부른다 하네요. 꽃 같은 나이에 혼인해 바닷물보다 짜디짠 세월 속에 주름진 얼굴과 굽은
허리를 얻은 할머니들이 바닷가 산비탈에 의지해서 살고 있습니다.
이 커다란 공장 건물이 옛 모습으로 되살아나 조선내화의 역사를 보여 주는 산업유산의 복합
문화공간으로 거듭나 온금동이 다시금 사람들로 북적북적해지길 바라는 온금수퍼 할머니의
소망이 하루빨리 이뤄지면 좋겠습니다.

조금새끼

김선태

　가난한 선원들이 모여사는 목포 온금동에는 조금새끼라는 말이 있지요. 조금
물때에 밴 새끼라는 뜻이지요. 조금은 바닷물이 조금밖에 나지 않아 선원들이
출어를 포기하는 때이지요. 모처럼 집에 돌아와 쉬면서 할 일이 무엇이겠는지요?
그래서 조금은 집집마다 애를 갖는 물때이기도 하지요. 그렇게 해서 뱃속에
들어선 녀석들이 열 달 후 밖으로 나오니 다들 조금새끼가 아니고 무엇입니까?
이 한꺼번에 태어난 녀석들은 훗날 아비의 업을 이어 풍랑과 싸우다 다시
한꺼번에 바다에 묻힙니다. 태어나서 죽을 때까지 함께인 셈이지요. 하여, 지금도

이 언덕배기 달동네에는 생일도 함께 쇠고 제사도 함께 지내는 집이 많습니다.
그런데 조금새끼 조금새끼 하고 발음하면 웃음이 나오다가도 금세 눈물이
나는 건 왜일까요? 도대체 이 꾀죄죄하고 소금기 묻은 말이 자꾸만 서럽도록
아름다워지는 건 왜일까요? 아무래도 그건 예나 지금이나 이 한마디 속에 온금동
사람들의 운명이 죄다 들어 있기 때문 아니겠는지요.

얼음

집집이 냉장고가 없을 때 얼음만 파는 가게가 있었습니다. 얼음 한 덩이
사 오라는 심부름을 하는 날이면 신이 났습니다. 대바늘을 대고 망치로
두들겨 쪼갠 얼음이 달달한 미숫가루가 되고, 시원한 미역 냉채가 되고,
동글동글 모양낸 수박에 사이다를 부으면 화채가 되었습니다.
겉과 속이 너무도 다른 수박의 가느다란 꼭지와 줄무늬를 자세히 쳐다보고
손가락으로 톡톡 두드렸을 때 울리는 소리로 당도 높고 신선한 수박을
고를 수 있습니다. 잘 고른 수박에 얼음까지 채우면 등덜미 땀은 순식간에
사라집니다.

한여름, 야은리 삼거리상회에서 느티나무 그늘 아래에 걸터앉아 딱딱한
살얼음이 붙어 있는 아이스크림을 먹자니 가슬가슬한 왕골돗자리를
깔고 수박씨 퉤퉤 뱉어 내며 먹던 귀한 얼음 동동 띄운 시원한 화채가
생각납니다.

❖ 삼거리상회 | 50×50cm | 2017

인연

모든 만물은 인연에 의해 생멸生滅한다고 합니다. 그동안 연을 맺은
사람들과 물건들을 돌아보면 어느 것 하나 그냥 존재하는 것은
없었습니다. 만나야 할 인연은 언젠가는 꼭 함께할 수 있으리란 믿음으로
하루하루를 살아 냅니다.

한번은 작업실에 머물다 밤늦게 집에 들어가 불을 켜니 거실과 안방 사이
복도에 놓인 골동품 고가구장 문짝이 반쯤 열려 있고 방바닥에는 물건들이
어지럽게 깨지고 널브러져 있었습니다. 얼핏 누군가가 몸싸움을 하면서
부딪친 것처럼 보였습니다. 놀란 마음을 다독이고 살펴보니, 이런! 상단
귀전주장 안에 너무 많은 그릇을 넣어 두었던 터라 그 무게를 이기지
못하고 맨 위 선반이 그만 주저앉았습니다. 첫 칸에 겹겹이 쌓아 놓은
그릇이 두 번째 칸 아래로 무너지며 그 힘으로 문짝을 밀어젖히고 앞으로
우르르 쏟아지는 바람에 바닥으로 떨어져 생긴 소동이었습니다. 깨진
그릇이 생각보다 많지 않아 그나마 다행이었지만 조각난 그릇을 주워
담자니 속도 상하고 야밤에 무슨 날벼락인가 싶었습니다.

삼층장은 이불이나 천을 넣어 두는 곳인데, 무거운 그릇을 쌓아 둔 지

15년쯤 되었으니 그간 버틴 것이 용했습니다. 시댁에서 가져온 오래된 접시와 기름종지,
고봉으로 밥을 담아주시던 복福자가 그려진 할머니의 밥사발, 손님상에 막걸리를 따라
대접했던 할아버지의 술잔, 선물로 받은 찻잔, 한마을에서 같이 살았던 도예가의 다완茶碗,
조선시대 때 쓰였던 막사발을 옮겨 놓으며 깨지고 금간 파편들을 차마 버리지 못하고 그릇이
나에게 와서 함께했던 기억을 하나하나 더듬으며 나와 인연의 끈이 닿았던 얼굴을 떠올려
봅니다. 누군가 서로 다른 시간대에 만들어 나에게로 온 그릇들이지만 한자리에 불러
찻상 위에 놓으니 소리 없는 대화가 오갑니다.

바쁘다는 핑계로 소원했던 가족, 친구, 살면서 마주하는 고비마다 힘이 되고 삶의 이정표가
되어 주었던 고마운 분들께 오랜 세월 정성이 깃든 투박한 그 그릇에 맛있는 음식을 담고
찻물이 곱게 스민 작은 찻잔을 기울이며 햇살이 드리워진 마루에 앉아 차향 가득한 담소를
청해 봅니다.

향교수퍼 | 전남 함평군 | 122×122cm | 2018 ❖

홍매화 가게

겨우내 봄이 그리워 작업실 창밖 산수유 나뭇가지에 매달린 꽃눈에 살이
오르길 기다렸습니다. 그리고 드디어 꽃망울이 피어오르고 서서히 생기가
돋는 봄을 살피러 갈 때입니다.

매번 개화시기를 놓쳤기에 만개한 화엄사 홍매화를 이번만은 볼 수 있기를
바라는 마음으로 하동에서 구례로 이어지는 벚꽃 길을 지나 화엄사에
도착했습니다. 어디론가 떠나 아직 햇살이 깨어나지 않은 이른 새벽
천년고찰을 찾아갈 때면 두터운 산등성이 어둠을 걷어 내는 바람의 소리를
먼저 듣습니다. 멀리서 청아한 풍경 소리가 들려옵니다. 아직은 찬 기운이
가시지 않아 쌀쌀합니다.
아침 기운이 돌담, 돌계단으로 내려와 석등과 사사자 삼층 석탑으로
조금씩 드리우자 각황전 왼편에서 300년 된 홍매화의 만개한 검붉은 꽃의
향기가 은은히 퍼집니다. 자연의 순리대로 휘어지고 감싸며 뻗어 나간
나무에선 오귀스트 로댕의 조각작품 '키스'의 교태가 느껴지기도 하고,
선비가 난초를 친 듯 당당한 운율에 옷깃을 추스르게 됩니다. 나뭇가지와

꽃이 서로 편하게 어우러져 있습니다.

지난해 광양 매화마을에서 본 군집을 이룬 매화나무는 매실을 수확하기 위해 사람이
나지막하게 가지를 쳐 조금 소담스러워 보였습니다. 그냥 있는 그대로 제 길이만큼 자라는
매화나무를 보고 싶었습니다. 빛을 더 받으려고 가지가 서로 피해 뻗어 낸 줄기는 미적 조화를
고려해 일부러 자르고 다듬지 않아도 충분히 인상적입니다. 분재처럼 길들이지 않고도
제 몸짓으로 균형을 잡으며 오랜 세월을 견뎌 온 아름다운 자태를 그 누가 흉내 낼 수
있을까요?

각황전의 처마 밑에 외롭게 매달린 풍경도 좀 더 맑은 소리로 홍매화 곁에 머물고 싶어
마음속을 계속 비워 냅니다. 나무 그늘에 떨어져 점점 검붉은 색으로 변하는 꽃잎들이 행여나
발길에 차일까 몇 걸음 뒤로 물러서서 가만히 하늘을 올려다봅니다.

구멍가게 앞에 홍매화가 당당하게 붉은 꽃을 피웠습니다.

❖ 홍매화가게 | 122×162cm | 2018

화엄사 가는 길에서 | 전남 구례군 | 45×80cm | 2019 ❖

part 2

사람이 있는 골목

골목의 아이

순한 담벼락 사이에 있는 골목은 마을의 긴 복도이자 서로의 집
앞마당이었습니다. 한낮 햇살 아래 활짝 열린 대문 사이로 잘 펴 넌 붉은
고추, 채반 위의 무말랭이와 호박고지, 처마에 매달아 놓은 시래기, 그리고
반짝이는 장독이 줄지어 선 장독대가 보입니다. 한바탕 시원하게 두들기고
말갛게 헹궈 낸 빨래에선 물이 똑똑 떨어집니다.
사람과 사람이 옷깃을 스쳐야만 지날 수 있는 골목길에선 모두 인연이
깊습니다. 한 지붕 아래 셋방살이의 설움도 모르고 할머니, 삼촌, 이모라고
불렀던 그때는 골목 안 사람들 모두가 이웃사촌이었습니다.
자동차가 들어오지 못하는 좁은 길, 그곳은 언제나 아이들 차지였습니다.
그늘진 담벼락 전봇대에 고무줄을 매면 혼자서도 놀이를 할 수
있었습니다. 돌멩이로 땅바닥에 그림을 그려 사방치기, 오징어 놀이도
하고 땅따먹기도 했습니다. 한 아이가 남아 편 가르기를 못 하게 되면
홀로 남겨진 아이를 위해 잘하든 못하든 어리든 간에 양편 모두 뛸 수
있는 깍두기를 시켜서 함께 놀았습니다. 보통 세 살 어린 저의 남동생이
깍두기를 도맡아 했습니다.

팔랑팔랑 뛰어다니면 콧등에 땀방울이 송골송골 맺히고 볼때기가 발갛게 달아올랐습니다.
자기 편이 이기거나 질 때 간간이 터져 나오는 아이들의 탄성과 노랫소리, 웃음소리가 한데 섞여
골목이 떠들썩했습니다. 동네를 가득 메운 소란함은 "○○야, 저녁 먹어라" 부르는 소리에 언제
그랬냐는 듯 제각각 대문 안으로 사라졌습니다.
순간 적막해진 골목은 드문드문 개 짖는 소리와 가로등 불로 일렁입니다. 비닐봉다리 하나 손에
들고 집으로 향하는 아버지는 골목에 다다라서야 비로소 한숨을 내쉬고 하루 고단함을 털어
냅니다.
어릴 적, 아이들은 돌멩이와 땅바닥만 있어도 행복했고 그곳에서 함께하는 지혜를 배우며
자랐습니다. 골목은 그렇게 아이들을 키워 냈습니다. 낮은 처마가 이어진 적막한 길 끄트머리
골목에서 아이들의 웃음소리와 '타다닥' 내달리는 달음박질 소리가 들려와 뒤를 돌아다봅니다.

❖ 동호슈퍼 | 45×80cm | 2017

가평수퍼 | 경기 가평군 | 35×35cm | 2017 ❖

서울상회

"한국에 가면 작가님이 어릴 적 살았던 동네에 함께 가 보고 싶습니다."
일본에서 출간된 〈동전 하나로도 행복했던 구멍가게의 날들〉을 번역한
시미즈 치사코 씨에게서 책에 그림으로 담긴 동네를 보고 싶다는 메일을
받았습니다. 이미 오래전에 재개발 되어 모두 헐렸다는 걸 알면서도
혹시나 하는 마음에 어릴 적 제가 살았던 난곡동, 거여동, 노량진, 신월동에
이르기까지 서울의 달동네 혹은 변두리였던 동네를 다시 찾아봤습니다.
어릴 때 부모님은 대여섯 번쯤 이사를 했습니다. 마당에 우물이 있던 한옥,
나무 마루가 있던 신식 양옥, 비탈진 언덕에 두 사람이 어깨를 비껴 걸을
만큼 좁은 골목이 미로처럼 이어져 여러 번 길을 잃기도 했던 달동네의
집도 생각납니다. 낙골이라 불렸던 난곡동은 경사진 도로를 한참 올라
좁은 골목 사이사이 슬레이트 지붕의 작고 허름한 집이 빽빽이 들어찬
달동네였습니다. 오랜만에 찾은 낙골은 예전 모습을 찾아볼 순 없지만
층층이 들어선 붉은 벽돌 주택이 세월을 덧입어 옛 골목의 정취를 느낄 수
있었습니다.
초등학교에 입학할 무렵, 엄마는 '꽃잎 의상실'이란 이름으로 난곡동

중턱에 양장점을 열었습니다. 어느 무더운 여름날, 외출했던 엄마가 가게를 잘 봐 줘서
착하다며 쭈쭈바를 사 가지고 오셨습니다. 기쁘고 빨리 먹고 싶은 마음에 하필이면 꼭지를
입으로 물고서는 날이 선 재단가위로 쭈쭈바를 자르다 그만 제 입술까지 자르고 말았습니다.
어이없이 순식간에 벌어진 일이라 방바닥에 피가 뚝뚝 떨어지는데 전혀 아픈 줄도 몰랐습니다.
입술에 흉이 질까 걱정되어 새살이 돋고 딱지가 떨어질 때까지 한참 동안 입에 거즈를 붙이고
다녀야 했고 불편해서 잘 먹지도 못하고 우유나 두유도 빨대로 마셨습니다. 그럼에도 입술에는
잘려진 흉터가 남아, 가끔 그날이 떠올라 '픽' 웃게 됩니다.

초등학교 2학년 여름방학 때 이사를 와서 4년을 살았던 거여동에서는 주된 놀이터였던
개미마을, 남한산성을 누비며 신바람 나서 놀았습니다. 그런데 요즘 지도에는 개미동산만 있어
개미마을이 있었을 거란 추측을 할 뿐입니다. 나무 작대기 하나씩 붙잡아 들고 줄줄이 올라간
남한산성 계곡물에 첨벙 몸을 담그고 가재도 잡고 도시락도 까먹었던 기억이 납니다.
중학교 때 다니던 미술학원이 있는 노량진역에서 장승배기고개를 넘어가기 전 왼편에 있던
달동네도 야트막한 동산에 무허가 집이 말 그대로 다닥다닥 들어섰던 곳입니다. 산에 있는
집 주소가 모두 '산8번지'여서 편지가 반송되기 일쑤였기에 우편배달부 아저씨를 따라다니며

이름을 대고 편지 온 것이 있는지 물어봐야만 했습니다. 산 아랫동네니 웃동네 모두 삶이
넉넉하지 않았지만 마당에서 내려다보는 노량진 고시촌의 불빛은 꿈을 키우고 희망을
품는 온기가 느껴져 충분히 낭만적이었습니다. 그 시절 부모님이 치열하게 하루하루를
살아오셨음을 지금 생각해 보면 분명히 알 수 있습니다.
서울은 개발과 변화의 중심에 있었기에 자랐던 동네의 예전 모습은 거의 남지 않았습니다.
씩씩했던 나의 어린 날, 층층의 기억을 포개 놓은 집과 친구는 앨범 안 빛바랜 사진 속에
추억으로만 존재합니다.

오늘도 구멍가게를 찾아 걷습니다. '서울상회'를 향해 가는 길, 이화동의 가파른 골목길은
어린 시절 숨 가쁘게 뛰어오르던 그 달동네와 닮아 있습니다.

서울상회 | 45×53cm | 2018 ❖

❖ 작은슈퍼 | 22×28cm | 2018

근대화수퍼

우리나라 최초의 슈퍼마켓은 1970년대 초 외국인이 많이 거주하던 한남동에
들어선 '한남슈퍼'입니다. 1970년대 우리나라는 경제개발 5개년 계획에
의해 근대화운동을 진행하던 때로 초가집을 없애고 마을 길을 넓히는
새마을운동과 함께 생활양식에 큰 변화가 일어났습니다. 그때부터 슈퍼마켓,
연쇄점의 간판을 내건 신식 구멍가게들이 생겨났지요. 그전까지는 간판도
없는 동네 구멍가게를 '점방'이나, '상회', 'OO네 집'이라고 불렀습니다.
규모가 좀 더 커지고 식품뿐 아니라 별의별 잡화를 다량 구비해 놓다
보니 단어 그대로 커 보이는 슈퍼super가 되었지요. 중국에서도 비슷하게
초시超市라는 간판이 눈에 띕니다. 지금은 대형 유통 마트가 많이 생겨나
슈퍼라는 이름이 뻘쭘하지만 그때는 그랬지요.
근대화를 열망하던 시대의 반영인 듯, 서울 신영동 상명대 맞은편
세검정삼거리에 정겨운 '근대화수퍼'가 있습니다. 제게는 학창시절 추억이
쌓인 곳이기도 합니다. 가끔 그곳을 지나가게 되는 일이 있으면 꼭 들러서
아주머니께 안부를 여쭤봅니다. 특별히 세상을 향해 근대화를 외치지
않았더라도 반세기 동안 버텨 온 세월의 흔적이 고스란히 담겨 있습니다.

❖ 근대화수퍼 | 서울 종로구 | 50×50cm | 2020

자하슈퍼에서

가끔 지인이나 독자가 주변에서 본 구멍가게를 제게 알려주곤 합니다.
자신과 부모님의 삶이 고스란히 담겨 있는 귀중한 가게 사진을 보내
주시는 분도 있습니다. 전에는 그냥 무심코 지나쳤던 오래된 가게나
집이 이제는 정겹고 아름답게 보인다고 하시니 고마울 따름입니다.
몇 해 전 독자 한 분이 자신이 사는 동네에도 오래된 가게가 있다고
연락을 해 왔습니다. 낮은 집들과 홍제천이 어우러진 서울 안 시골
같은 동네인데 재개발 계획 확정 뒤 조감도를 보니 슈퍼가 있는 곳부터
개발한다는 사실을 알게 되었고, 막상 사라진다고 생각하니 안타까워서
연락하셨답니다. 종로구 세검정에 있는 자하슈퍼가 바로 그곳입니다.
부암동의 유심슈퍼도 그렇고 또 그렇게 오래된 가게가 우리 곁에서 자취를
감춘다고 생각하니 안타까운 맘이 드는 건 어쩔 수 없습니다.
자하슈퍼는 아버님이 오랫동안 운영하다 따님이 이어서 열고 있는
가게입니다. 아버님이 운영하실 때보다 지금은 물건도 가게 공간도 많이
줄었다고 했습니다. 번듯한 도심과 가까운 곳에서는 좀처럼 찾아보기 힘든
모습의 이 가게는 드라마 촬영도 몇 차례 했을 만큼 사랑받았던 곳입니다.

30년 전, 버스를 두 번 갈아타며 그 근처에 있는 고등학교를 다녔기에 그때와 비교해서 크게 변하지 않은 이 동네에 특별한 애착을 느낍니다.

꽃이 진 자리에 연둣빛 싹이 돋더니 어느새 아기 손바닥만큼 잎이 자라고 멀리 뒷산의 나무들이 저마다 다른 초록빛을 띠는 5월, 날이 좋아 마음먹고 인왕산 둘레길을 걸었습니다. 서울 한복판에서 조금만 비켜서 돌아가면 만나는 아름다운 산길입니다. 서촌 수성동계곡에서 시작한 발걸음은 인왕산을 넘고 북악산 백사실 계곡을 지나 세검정의 자하슈퍼에 이르렀습니다. 정이 묻어나는 오래되고 나지막한 집들과 연립주택 사이로 고요하게 하루가 저물어 갑니다. 자주색 차양의 가게 안 백열등 불빛이 켜지고 점점 밝게, 주변을 온화하게 감싸 안으며 너른 평상 위로 번지고 있습니다. 몇 년 전 해남 산이면에서 보았던 가게 앞에서처럼 숨죽이고 바라보는 동안 마음도 평온해집니다.
슈퍼 앞 노을 진 평상에 앉아 옛 기억을 떠올려 봅니다. 얼마나 바빠 살았는지, 얼마나 잊고 살았는지, 살랑이는 바람에게 묻습니다.

자하슈퍼 | 서울 종로구 | 80×80cm | 2018 ❖

종로의 구멍가게

서울은 큰 도시입니다. 그만큼 지역구마다 다양한 특색이 있습니다.
서울시에서는 2013년부터 급속한 사회 변화로 훼손 멸실 가능성이 있고
미래에 전달할 가치가 있는 유무형의 근현대 문화유산을 보존하겠다고
홍보합니다. 다음 세대를 위해 꼭 필요하고 가치 있는 일이라고
생각합니다. 옛 모습을 간직한 오래된 작은 서점이나 문방구, 이발소,
목욕탕, 식당, 없어지면 아쉬울 것 같은 마을이나 골목길 등과 더불어
한 시절 동네를 지켜 온 서울의 구멍가게도 사라지지 않게 함께
보존했으면 합니다.

'유심슈퍼', '근대화수퍼', '자하슈퍼'를 비롯해 서울의 구멍가게를 스무
점 남짓 그렸지만 정작 떠오르는 작품은 많지 않습니다. 다른 지방에 비해
소홀했던 것 같습니다. 서울 대부분이 일찍 개발되었기에 지레짐작으로
포기했던 마음도 있고 제가 사는 곳에서 가까이 있어 언제고 찾아갈 수
있을 거란 생각으로 게으름을 피웠습니다.
어느 맑은 날 서울의 중심인 종로를 천천히 들여다봤습니다. 도심 속

현대와 전통이 공존하는 종로는 대중문화의 본거지로 모든 세대를 막론하고 사랑받아 온 곳입니다. 저에게도 추억의 만물상 같은 장소입니다.

초등학생 때 소공동에 있는 갤러리에서 처음으로 그림 구경을 했고 중학생 때는 덕수궁과 경복궁에서 풍경화를 즐겨 그렸습니다. 그 뒤 스무 살 청춘의 설레던 날부터 지금에 이르기까지 쇳덩같이 많은 기억이 떠오릅니다. 지금은 거의 문을 닫았지만 종로 극장가에 긴 줄을 서서 매진될까 봐 마음 졸이며 기다려서 봤던 영화들이 생각납니다. 요즈음도 다른 작가 그림을 보기 위해 자주 찾아가는 인사동은 대학 때 처음으로 전시회를 열었던 곳입니다. 예전에는 가끔 들르던 청계천 헌책방 거리, 엄마와 자주 가던 동대문 옷감 시장을 지나 황학동 골동품 시장까지 발길이 이끄는 대로 걸었습니다. 눈을 비비고 다시 한 번 뒤돌아보니 자주 지나왔던 자리에 오랫동안 도시와 함께한 가게들이 아직 있다는 걸 새삼 알게 되었습니다.

아흔을 바라보는 주인 할머니의 대를 이어 아들이 함께 가게를 열고 있는 조계사 입구의 길광상회, 소다만식품, 비원슈퍼, 평양상회, 원흥상회, 일번지상회를 거쳐 익선동 골목 초입에 있는 '희망상회'에 들렀습니다. 이것저것 묻는 제게 지나다 들르신 40년 단골손님은 꿀떡 하나를 나눠 주고 나가시면서 농을 건넵니다. "희망 한 움큼 사 가시게. 하하."

중구 마른내로 길에 있는 오래된 가게인 '부산슈퍼'는 해방 이후 도시의 변화를 고스란히 지켜보아 왔습니다. 유럽풍의 2층 부산슈퍼 은행나무 위로 어둠이 내려 그제야 걸음을 멈췄습니다. 다양한 시간과 공간이 공존하는 골목길을 헤매며 거닐다 보니 젊은 날에 품었던 열정이 다시 되살아나는 듯합니다.

부산슈퍼 | 서울 중구 | 53×45cm | 2019 ❖

❖ 희망상회 | 서울 종로구 | 53×45cm | 2019

송지수퍼 | 91×72cm | 2017 ❖

오목수퍼

어느 봄날, 연분홍 꽃잎을 활짝 피운 벚나무 그늘 아래 붉은 기와지붕의
'오목수퍼'는 눈이 부시게 아름다웠습니다.

그해 가을, 오목수퍼 그림이 담긴 책을 들고 다시 찾아갔습니다. 잠긴
문 사이로 들여다보니 가게 안이 텅 비어 있습니다. 문 닫은 지 한 달이
되었답니다. 어디로 가셨는지 연락할 길이 없습니다. 좀 더 일찍 올 걸,
닫힌 가게가 야속했습니다.

드리려고 가지고 온 '오목수퍼 주인아저씨께'라고 사인한 책은 갈 곳을
잃었습니다. 떨어지는 잎새 하나가 가게 귀퉁이를 천천히 돌아 나와 허탈한
내 발등 위로 내려앉았습니다.

오목수퍼 | 70×130.5cm | 2017 ❖

정다운슈퍼

슬레이트 지붕 너머로 한창 공사 중인 고층 건물의 시멘트벽과 철골조가
야트막한 장수산과 원적산 사이를 가르며 삐죽 튀어나와 묘한 풍경을
자아냅니다. 인천에서는 이제 막 개발을 진행 중이거나 앞둔 지역을 어렵지
않게 볼 수 있습니다.
옛 모습이 더 사라지기 전 부랴부랴 서둘러 인천으로 향했습니다.
산 아래 세월천로에 있는 정다운슈퍼도 별반 사정이 다르지 않습니다.
가게 앞길을 사이에 두고 기다란 장막이 높게 쳐져 있습니다. 길 맞은편이
재개발지역으로 지정되면서 모든 것이 사라졌습니다. 긴 세월 정든 이웃과
골목길의 추억을 한꺼번에 떠나보냈습니다. 가게도 언젠가 저 집들처럼
헐릴 수 있겠지요. 철거되는 건물들을 지켜보며 내내 마음이 편치 않았다는
슈퍼 아주머니는 말씀하십니다.
"가게가 헐리지 않아 다행이다 싶다가도 더 편리하고 깨끗한, 비싼
건물들이 들어서면 이 가게가 초라해 보이지 않을까 걱정이 돼요.
아파트가 들어서도 자동차로 지하주차장을 통해 드나드는 사람들에게
길 앞의 조그만 구멍가게가 안중에나 있을까 싶어요. 장사가 더 잘되는

건 바라지도 않아요. 공원 가는 길목이라 가게를 찾는 손님이 끊이지 않아 그나마 다행인데 지금처럼만이라도 유지되면 좋겠어요."

잠시 생각에 잠긴 아주머니는 "오늘 하루를 잘 사는 거죠"라고 하시며 갑자기 더워진 날씨 때문인지 폭폭한 마음 때문인지 연신 부채질을 하십니다.

정다운슈퍼 | 인천 부평구 | 50×50cm | 2020 ❖

❖ 기대수퍼 | 강원 춘천시 | 59.5×73cm | 2018

교
동
도
의

봄

꽃잎이 바람에 흩날리고 육지의 봄은 먼 길 나설 채비를 합니다.

가는 봄을 되돌려 놓고 싶어 교동도에 왔습니다. 아직 날이 차서 더디게 온
만큼 봄도 갈 길을 재촉하지 않네요. 교동도의 봄은 한창입니다. 조용한 섬,
구석구석 벚꽃, 목련, 자목련이 소란하게 피어 있습니다.
읍성 아랫마을에서 만난 할머니께서 말을 건네십니다.
"서울 양반, 돌아 나갈 때 읍내까지 날 좀 태워다 주면 참말로 고맙겠소."
할머니의 지팡이와 보따리를 함께 실어 섬 제일 번화가인 대룡시장으로
향했습니다. 교동도 끝 마을에서 태어나 이리로 시집온 할머니는 시장으로
마실 나가시는 중입니다. 빛나는 햇살이 논두렁을 살피는 농부의 굽은
허리와 스러져 가는 빈집의 담벼락에 내려앉으며 봄이 깊어 갑니다.
북쪽 바닷가 언덕에서는 바다 건너 황해도 연백마을이 망원경을 통해
손에 닿을 듯 가까이 바라다보입니다. 지척에 두고 갈 수 없는 가깝고도
먼 북녘 땅에도 봄이 아른아른 피어오릅니다. 기나긴 날들, 멈출 줄 모르고
울려 퍼졌던 확성기의 소음도 입을 다물고 오랜만에 되찾은 고요함에 섬은
안도의 한숨을 내쉽니다. 대룡시장은 그리운 마음들이 모여 만든 골목

시정입니다. 잠시만 있으면 집으로 갈 수 있을 거란 희망을 품고 집과 가족을 두고 바다 건너
피난 온 소년은 고향이 그리워 이 땅을 떠나지도 못하고 어느새 백발의 노인이 되어 오늘도
이발관 문을 열었습니다.

육지와 격리되어 유배되었던 외로운 섬, 멈춘 시간 속의 교동도는 정겹고 순박합니다.
몇 해 전 강화도와 이어지는 다리가 놓이면서 사람들 발길이 잦아지고 그 모습은 점점 변하고
있습니다. 시장 입구에 터줏대감처럼 자리했던 수십 년 된 삼진상회가 지난달 문을 닫고 그
자리에 편의점이 들어섰습니다. 건넛마을 구멍가게를 귀 어두운 할아버지께서 지키고 계십니다.
길가에 흐드러지게 홀로 꽃을 피운 나무가 이미 문이 닫힌 가게 앞에서의 아쉬운 마음을
달래 줍니다.
거세게 불던 해풍의 찬바람이 가고 얼어붙은 서로의 마음이 따스한 햇살로 하나 되어
고향 땅을 밟는 날, 긴 세월 그리움을 가슴에 품고 살아온 실향민들의 마음에도 오랜만에 봄이
올 것 같습니다.

교동도가게 | 72×91cm | 2019 ❖

❖ 교동도슈퍼 | 72×91cm | 2019

❖ 비봉슈퍼 | 122×162cm | 2017

part 3

공
터
의
시
간

공터의 시간

시간을 쪼개서 여러 가지 일을 해야 할 때면 무심코 '시간이 없어'라는 말이
툭 튀어나옵니다. 무엇이 나의 시간을 빼앗아 가고 있을까요?
어릴 땐 하루가 길었습니다. 어떤 날의 기억은 지금도 촘촘하고
생생합니다. 달이 밝은 날이면 달동네 좁은 골목이 만나는 중앙의 커다란
공터가 생각납니다. 여름날 물이 부족해서 단수가 되면 식수 공급을 위해
물탱크차가 왔습니다. 집집마다 온 가족이 양동이, 냄비, 솥단지 할 것 없이
제일 큰 물통을 들고 공터로 나와 줄을 섰습니다.
다닥다닥 붙어 있는 집 사이로 유일하게 탁 트인 공간인 공터는 여러 골목
안 아이들이 한데 모이는 장소입니다. 웃는 아이가 뜁니다. 뒤따라 다른
아이도 내달립니다. 냅다 뜀박질하다 넘어져 흙바닥에 손바닥과 무르팍이
까져도 툭툭 털고 일어나 또 달립니다. 비 온 뒤 질퍽한 회갈색 진흙이
신발에 달라붙고 양말까지 스며듭니다. 그래도 마냥 신이 납니다.
시간을 낭비하는 게 두렵지 않았던 어린 시절, 그땐 특별한 감각의
더듬이가 있었던 것 같습니다. 공터의 시간은 순한 바람과 햇살만으로도
잘 자라는 들풀과 들꽃을 닮은 아이들로 넘쳐났습니다. 꿈을 호주머니에

품고 다니던 빛들, 공디 가득 울리던 메아리, 무지개, 별, 달, 비람의 기억은 지금도 선명하게
반짝입니다.

요즘은 무거운 시간을 끌고 언덕을 오르다 맨 위에 다다른 뒤 막 내리막길에 접어들어 시간에
떠밀려 내려가는 듯합니다. 그때나 지금이나 주어진 하루는 같을 텐데, 그 많았던 시간이 어디로
갔을까요.
어른이 되면서 점점 새롭고 신기하고 가슴이 설레는 순간을 잃어버렸습니다. 배꼽 잡고 웃어
본 지도 언제였는지 기억이 나질 않습니다. 미하엘 엔데의 〈모모〉에서 가슴으로 느끼지 않는
시간은 모두 없어져 버린다고 했는데 그래서일까요?
문득 시선이 머문 집 앞 허물어진 빈터에 어디선가 날라 온 풀씨들이 자라 제멋대로 화단을
이루고 벌과 나비들이 그 사이를 유유히 날아다니는 모습을 발견했습니다. 무심히 버려진
시간 동안 계절마다 달라지는 생태의 변화를 거듭하면서 공터는 스스로 자연에 순응하며
되살아났습니다.
잠시 두리번거리고 어슬렁거려도 되는 빈 시간을 나에게도 주어야겠습니다. 혹시 알아요?
가슴이 두근두근 떨지도 모르잖아요. 그렇게 시간이 다시 느리게 갈 수 있을지도요.

만물상회 | 충북 괴산군 | 50×50cm | 2019 ❖

❖ 삼우슈퍼 | 72×91cm | 2017

칠성면에서

겨울이 이렇게까지 추웠었나 싶을 정도로 한파가 계속되던 어느 날,
며칠 전 완성한 녹음이 우거진 가게 그림을 작업실에서 보고 있자니
마음은 어느새 여름날 오후에 가닿습니다. 걱정도 분주함도 소란함도
멈춰 선 그 마당에 다다라 나른한 햇살 아래 몸을 녹이고 있습니다.
괴산의 '숲속작은책방'과 칠송바위가 있는 '청인약방' 사이에 몇 해 전만
해도 문을 열었던 녹색 기와지붕의 가게가 있습니다. 제게 이 작은 가게는
어느 문화유적 못지않게 곧고 당당해 보입니다.
천사의 나팔꽃, 백년초, 채송화, 봉숭아, 꽃기린 등 화분마다 옹기종기
한가득 핀 꽃 사이로 주인 어르신의 부지런한 손길도 느껴지고, 숱이
풍성한 잎새를 자랑하여 은신처로 안성맞춤인 나무 사이에는 어딘가
노란 애벌레가 기어 다니고 새둥지도 품고 있음을 짐작할 수 있었습니다.
오가던 사람들도 그 푸르름과 여유로운 품에 덩달아 기분이 좋아집니다.
화분에 물을 주고 돌보는 소소한 일상이 정겹습니다. 매일매일 반복되는
그 정성을 떠올리면 마음까지 넉넉한 위안을 받습니다.

❖ 칠성면에서 | 100×100cm | 2018

살다 보면 늘 여러 가지 선택을 해야 하는 순간을 마주합니다. 슬금슬금 앞서려는 불안과
욕심을 거둬 제자리로 돌리려 합니다. 시들지 않는 꽃이 어디에 있을까요? 세상사 마음먹은
대로 이루어지던가요? 가장 아름다운 오늘 하루에 최선을 다하자고 마음먹습니다만 쉽지
않습니다. 마음의 동요가 없는 일상이 그립습니다.
현실과 이상 사이의 간격에 지쳐 우울해 하던 친구가 있었습니다. 친구에게 말해 주고 싶습니다.
지금 살고 있는 현재 이 순간이 소중하다고. 카르페 디엠!
겨우내 움츠리고 있던 우리 집 화분에도 봄과 함께 다시 꽃이 활짝 피어날 거라는 사실을 믿고
있습니다. 그렇게 겨울 하루를 살아갑니다.

감물면 가게

괴산읍을 지나 달천 옆길을 따라 감물면으로 향하는 내내 단내가
맴도는 듯합니다. 이 지역 물맛이 얼마나 달았으면 감물이라는 이름이
붙었을까요? 산이 깊으니 수량도 많고 물도 맑았을 텐데 거기다가
달기까지 했다니! 곳곳을 다니며 고장 이름에 담긴 뜻과 유래하는
이야기에 빠져들곤 합니다.

감물면의 '광신상회'는 80년 넘게 한자리에 머무는 동안 초가지붕이
슬레이트 지붕, 다시 함석지붕으로 옷을 갈아입었습니다. 점방 하는
집으로 시집온 스물셋 새색시는 어느새 백발의 할머니가 되었습니다.
그 세월 사이, 맞은편에 학교가 생기고 한동안은 가게의 전성시대를
맞았다가 점점 학생이 줄어들자 결국 폐교되었습니다. 그 자리로
면사무소가 이전하며 그전만 못해도 그럭저럭 장사가 잘되었는데
몇 해 전 근처에 대형마트가 들어서면서 요즈음은 드나드는 손님이
많이 줄었답니다. 지금도 쓰고 계신 나무로 만든 오래된 돈 통이
하루 벌이만으로도 묵직했던 시절을 할머니는 어제 일처럼 생생하게
기억하셨습니다.

감물면 가게 | 충북 괴산군 | 56×115cm | 2019 ❖

고려상회

소백산맥 줄기를 가로질러 충청북도 괴산군 연풍면에서 이화령 고갯길로
문경새재를 넘습니다. 조선시대 영남과 한양을 잇는 이 고개는 수많은
선비가 급제의 꿈을 안고 넘나들던 길입니다. 넋을 놓고 아름다운 풍광에
취해 고갯길을 지나 3번 국도를 따라 내려오면 어느새 경상북도 문경시에
이릅니다. 문경聞慶의 한자어에 담긴 뜻처럼 고개를 넘어가면 경사롭고 기쁜
소식을 듣게 되면 좋겠습니다.

'고려상회'는 점촌역 근방에 있는 가게입니다. 40년 전에 금복주 회사에서
만들어 준 고려상회 간판이 얼마 전까지 달려 있었다는데 낡아서 떨어지고
지금은 간판 없는 그냥 동네 구멍가게랍니다. 주인 할머니는 시골에서
너르게 살다 도시로 시집을 와 보니 시어머니가 지금의 집에서 점방을
하고 계셨답니다. 미닫이로 된 나무문이며 진열장과 선반도 예전 시어머님
때 그대로라고 하니 정성 들여 튼튼하게 지은 집이 분명합니다. 연세를
묻자 수줍게 "나이를 안 세어 본 지 오래돼서 얼마인지도 모르겠다.
어머니 장사를 돕다가 계속 이어서 하다 보니 60년째 이 좁은 가게에서

살고 있네. 나도 그렇고 집도 이젠 너무 늙어버렸어" 하십니다. 지금은 이곳이 비록 낡았어도
전쟁 직후 주변 집 모두 단층 판잣집이나 초가집, 아니면 기와집이었을 때 유일하게 새로 지은
이층집이었답니다. 할머니는 오래전 기억을 떠올리며 "시집와서 처음 목욕탕에 갔다가 집으로
오는 길을 잃어 고생했는데 다행히 멀리서 이층으로 된 점방이 눈에 띄어 찾을 수 있었지"라고
말씀하시는 입가에 미소가 살짝 번졌습니다.

문경은 산업화의 근간이었던 석탄을 캐던 도시로 1980년대까지 광업 활동이 활발했습니다.
1990년대 초 산업 합리화 정책으로 다른 지역의 광산들과 함께 문경의 광산이 문을 닫기
전까지 이곳은 사람들로 붐비고 번창했던 도시였습니다. 그 시절에는 가게 안에 물건을 수북이
쌓아 놓고 팔았답니다. 지난 역사를 고스란히 간직한 문경의 어제와 오늘, 그곳 호서로에 오랜
세월 도시와 함께 울고 웃었던 고려상회가 있습니다.

고려상회 | 경북 문경시 | 65×65cm | 2019 ❖

자목련슈퍼 | 91×72cm | 2017 ❖

봉화에서

어두운 방 안 가득 자정을 알리는 괘종시계의 찌렁찌렁한 소리가 울려 퍼집니다. 고단한 어른들은 소리에도 아랑곳하지 않고 깊은 잠에 빠져들었고 아이는 홀로 천정을 바라보고 '댕 댕 댕' 소리를 들으며 하나, 둘, 셋부터 열두 번을 꼬박 세고 있습니다. 창호지 사이로 달빛이 스미고 귀뚜라미는 쉬지 않고 울어 댑니다. 시골의 밤은 고요한 듯 소란하고 어두운 듯 훤합니다.

커다란 괘종시계와 마주치면 추를 따라 눈동자도 왔다 갔다 최면에 걸린 듯 시선을 거두기 힘듭니다. "시계가 죽었네" 하시며 태엽을 감던 할아버지가 떠오릅니다. 괘종시계는 잊지 않고 꼬박꼬박 태엽을 감아서 밥을 주기만 하면 삼시세끼 밥 먹을 때와 열차 시간과 하루 두 번 오는 버스를 놓치지 않고 탈 수 있게 큰소리로 알려 줍니다. 정각마다 울리는 종소리에 시간이 가는 걸 모를 수가 없습니다. 종이 울리는 짧은 시간 동안 '아, 이 시간이 다시는 안 오겠구나' 싶어서 '잘 가'라고 작별 인사를 하곤 했습니다. 그러다 보니 하루가 너무 빠르게 지나는 것 같았습니다.

요즘은 괘종시계를 보기가 힘듭니다. 얼마 전 '열 시', '열한 시' 하고 외치는 옆집 할머니의 폴더폰 시간 알림음에 깜짝 놀랐습니다. 그 소리 덕분에 심심하지 않다는 할머니 이야기를 듣자니 '삐거덕-' 신호를 보내고 나서 울리는 '댕- 댕-' 그 옛날 괘종시계의 소리가 떠올라 왠지 멍해졌습니다.

봉화면 한적한 시골가게에 걸린 괘종시계는 조용해진 주변 풍경 속에 침묵을 배웠나 봅니다.

❖ 봉화에서 | 45×53cm | 2018

신거슈퍼

'아리 아리랑 스리 스리랑 아라리가 났네, 아리랑 고-개로 날 넘겨 주소.'
굽이굽이 절절한 사연이 있을 것 같은 밀양강을 따라 걷자니 아리랑
가락이 귓가에 맴돌아 저절로 어깨가 들썩입니다. 추위가 싫다며 남쪽으로
떠나 밀양에 자리 잡은 혜경 언니의 안부가 문득 궁금했습니다.
이곳에서 하루를 보내고 청도로 가는 길에 유호리(유천길) 마을에
들렀습니다. 도로와 관공서만 바뀌었을 뿐 길가에 사이좋게 들어선
가게는 1970년대 생활 모습을 박제해 놓은 것 같았습니다. 몰래 숨겨
놓고 혼자서 종종 찾아가고 싶은 비밀 장소 같은 곳입니다. 들뜬 마음에
한낮 뜨거운 해를 온몸으로 받으며 물 만난 고기처럼 마을 길을 정신없이
돌아다녔습니다.
하루 내내 행운이 계속 제 주위를 맴도는 듯합니다. 흥분된 마음을 뒤로한
채 돌아 나오자마자 마을 가까이에서 '신거슈퍼'를 만났습니다. 파란 물빛
하늘 아래 나지막한 산등성이를 배경으로 청록의 푸르름이 시원하게
펼쳐져 있었습니다. 빛바랜 처마 밑에 장미꽃이 붉게 피어올랐고 가게
안에는 동네 아저씨 몇 분이 막걸리로 낮술을 하고 계셨습니다.

'새마을 운동 발상지 기념관'이 근처에 있는데 유호리 마을이나 이 가게는 50년 전 그 운동과는 무관해 보였습니다. 아마도 새로 도로가 생겨 신도리 혹은 신거리라는 동네 이름이 붙었을 것입니다. 마을의 논두렁과 도랑이 반듯해지고 샘터도 메웠습니다. 동네 사람들의 정서마저 옛것을 무조건 정비하고 버림으로써 곧 잘살게 되리라고 믿었던 시절에 어쩜 저리도 굳건히 버티고 있었을까요.

눈이 시리게 아름다운 여름날의 신거슈퍼를 오롯이 눈에 담고 마음에 간직하려고 오래도록 바라다봤습니다. 그 여운이 아직도 남아 설렙니다.

신거슈퍼 | 경북 청도군 | 75×135cm | 2019 ❖

하송상회

시대의 굴곡진 파도에 휩쓸려 상주 고향 땅에 자리 잡은 '하송상회'가
있습니다.

1970년대 후반까지 서울에 살면서 군부대로 식료품 부자재를 납품하던
주인아저씨는 10·26사건 이후 갑자기 사업을 접게 되면서 빈손으로
고향에 내려오셨습니다. 향나무에 마음이 끌려 이곳에 터를 잡았는데 땅
주인이 향나무 값을 집터보다 몇 십만 원 더 비싸게 받는 바람에 부족한
돈은 빌려 값을 치러야 했답니다.

조그만 초가집이었던 가게를 헐고 그 자리에 다시 지은 지금의 하송상회가
40년 가까이 문을 열고 있습니다. 고향에 내려와 다시 찾은 보금자리에서
둘째 아이를 낳고 주인아저씨와 아주머니는 지금까지 무탈하게 잘 살아
왔다고 하시네요.

마을의 샘물은 몇 백 년 된 느티나무 주변을 돌아 나와 하송상회 옆을
지나서 계곡물과 만나는데 여름이면 이곳에 텐트를 치고 물놀이 온
야영객들로 동네가 시끌벅적합니다. 더러 지나던 사람들이 오래된 가게가
신기하다고 사진에 담아 가기도 하고 종종 좋은 값을 쳐 줄 테니 옛날

간판이나 소품을 팔지 않겠냐고 묻기두 한답니다. 처음 주인아저씨에게서 느꼈던 경계의 눈빛이 이해가 되었습니다.

오래된 가게를 호기심의 대상으로 바라보는 낯선 사람들의 시선이 마냥 편하지만은 않다고 하십니다. 구멍가게에 대한 저의 이야기를 들려 드리자 주인아저씨는 서서히 환한 미소를 지으시며 마지막 남은 올해의 홍시와 함께 따뜻한 커피를 건네셨습니다.

잠시 쉬어간 자리에 더없이 정 많은 너른 품으로 곁을 내어 주셨습니다.

"인연이 있으면 또 만납시다. 담에 이곳을 지나게 되면 다시 들러주시게!"

방방곡곡 저를 반겨줄 구멍가게의 어르신들을 생각하면 고마움에 마음이 뭉클합니다.

하송상회 | 경북 상주시 | 49×86cm | 2019 ❖

당
리
가
게

가끔은 목적지도 없이 도로가 아닌 험한 길을 일부러 가기도 합니다.
그러다 허둥지둥 다시 제자리로 돌아와야 할 때도 있습니다. 많은 장소를
찾아다닐 때는 미리 내비게이션에 위치를 입력하고 안내에 의존하여
편하게 행선지를 찾지만 GPS 오류로 황당하게 바다나 산비탈로
안내하기도 합니다. 이날이 바로 그런 날이었습니다. 오후 내내 봉화에서
청량산 주변을 헤맸습니다. 뭐에 홀린 듯 깊은 산속 비포장도로를
맴돌았습니다. 자동차 계기판에 주유경고등이 떠 있는 줄도 모르고 계속
내달렸는데 길이 그만 앞에서 뚝 끊겨버리자 마음이 조급해졌습니다.
'금방 어둑어둑해질 텐데… 그래도 설마 차가 멈춰 서기야 하겠어?' 불안을
털어내려 했지만 도로까지는 아직 한참 남았는데 갑자기 머리가 쭈뼛한 게
오만가지 생각이 떠올랐습니다. 아마 점점 엄습해 오는 어둠 때문이었을
것입니다. 배도 몹시 고팠고 큰길을 찾으려면 서둘러야 했습니다. 마음을
토닥이며 올라온 만큼 되돌아 나와 산 아래로 내려가다 이번엔 제대로 된
918번 국도를 만났습니다.
땅거미가 내려앉을 즈음 도착한 마을 길 한가운데서 눈으로 보고도

믿기지 않는 가게를 만났습니다. 1960-1970년대 근현대사 기록사진에서 툭 튀어나온 것처럼 보였습니다.

'아, 세상에! 이런 가게가 남아 있다니….'

흑백처럼 가물거리는 어린 시절 구멍가게를 실제로 눈앞에서 보게 된 순간 그 떨림과 기쁨을 뭐라 말할 수 없었습니다. 몇 년 전 대곡리 가게를 발견했을 때 이후 두 번째 경험하는, 또 다른 감동입니다.

굴뚝에서 하얀 연기가 산등성이를 향해 고요히 피어올랐습니다. 밥 짓는 시골 냄새를 맡기 위해 눈을 감고 크게 숨을 들이마셔 봅니다.

하늘빛이 검푸르해지자, 가게 안 백열등에 불이 켜지고 빼곡히 쌓인 물건이 저마다 반짝거려 비현실세계에 닿아 있는 듯합니다. 가게는 처음 생겨난 모습 그대로에 겹겹이 묵은 손때가 더해져 반질반질 윤이 났습니다. 가게 주인 할아버지는 이 집에서 태어나 근방에 있는 학교에 다녔고 여든이 되도록 한 번도 이곳을 떠나신 적이 없답니다. 그래서인지 당리가게와 주인 할아버지는 한 몸처럼 닮았습니다.

시간은 나를 위해 기다려 주질 않는다고 했나요? 그러나 이 마을에 있는 동안은 시간이 멈춘 듯 합니다. 가게 앞 느티나무 아래 앉아 멋스러운 풍경에 취해 넋을 잃고 바라보다 '꼬르륵' 배꼽시계 소리에 눈길을 거두고 자리에서 일어섰습니다. 어둠도 짙어졌고 기름도 넣으려면 더는 머무를 수 없습니다. 이향세계異鄕世界를 여행하고 이 길을 벗어나 현실 세계로 돌아가면 어쩌면 시간이 100년쯤 지나 있을 것만 같습니다.

당리가게 | 경북 영양군 | 45×80cm | 2019 ❖

가리산길가게 | 강원 홍천군 | 75×135cm | 2018 ❖

신흥수퍼

청도의 '신흥수퍼'는 보기 드물게 전통 한옥 구조로 된 가게입니다.
토기기와 지붕에 군데군데 이끼도 끼고 허물어져 내린 곳도 보입니다. 활짝
열어 놓은 가게 안으로 들어가 둘러보며 인기척을 내자, 쪽방 문을 열고
중년의 남자가 얼굴을 내밉니다.
빵과 음료를 몇 개 골라 값을 치르면서 물었습니다.
"이 가게 주인이세요?"
그는 잠깐 머뭇거리더니 원래 아버지께서 주인이신데 5년 전 어머니가
돌아가시고 셋째 아들인 본인이 혼자 고향에 내려와서 아버지와 함께
생활하고 있다고 합니다. 어머니 계실 땐 근처 경찰서를 찾는 사람과
전경이 많아 장사가 잘되었는데 올해 87세인 아버님이 셈이 흐려지셔서
일부러 물건을 많이 들여놓지 않는다고 합니다. 문을 닫자니 아버님이
섭섭해 하셔서 그러지도 못하고 그저 적적하시지 않을 정도로 담배나 술,
빵, 음료 정도만 두고 장사를 하고 계십니다. 농번기 때 아드님이 밭일을
하러 가면, 할아버지께서 가게 문을 여시는데 그날은 경로당으로 놀러
가셔서 뵙지를 못했습니다.

할아버지는 40년 전 이 집을 사고 대문 옆으로 문을 달아 가게를 차리셨습니다. 아들은 안채를
보여 주고 싶다며 대문 안으로 안내했습니다. 마당 한가운데 화단이 있고 커다란 감나무가
자리하고 있었습니다.

두만강에서 뗏목으로 나무를 실어 와 튼튼하게 지은 100년 된 'ㄱ'자형 한옥이라고 합니다.
이 근방에서 가장 크고 잘 지은 가옥이라 얼마 전 지역의 건축과 학생들이 한옥 연구 자료로
이곳의 도면을 되살려 그리기도 했다며 애정 가득 집에 대한 이야기를 구구절절
풀어놓았습니다. 정돈 되지 않은 집 안은 구석구석 사람의 손길이 미처 닿지 않아 먼지와 함께
낡았습니다.

"열 살 무렵 여기 이사 와서 가겟방 할 때 참 좋았지요. 이 집엔 아버지의 젊은 날이 있고 저의
어린 시절이 있어서 미련이 남습니다."

중년의 아들이 서까래 아래 거미줄 몇 가닥을 걷어 내며 말했습니다.

금복주가 그려진 신흥수퍼 간판은 가게가 지나온 시간만큼 낡았지만 조금 더 오래
우리 곁에 머물러 있기를 바랍니다.

신흥수퍼 | 경북 청도군 | 49×86cm | 2019 ❖

진
희
슈
퍼

감이 주렁주렁 풍성하게 익어 가는 가을에 잠시 짬을 내서 가게를 찾아
나섰습니다. 정신없이 그림을 그리다가 급하게 떠나온 길인지라 원하는
풍경에 여차하면 이르고 아차하면 늦거나 놓치기 십상입니다. 날씨와
시간대를 적절하게 맞추기가 쉽지 않습니다.
'진희슈퍼'는 고령IC에서 내려 26번 국도를 타고 합천 해인사로 가는
길목에 있습니다. 길가에는 집이 몇 채 없지만 차량은 빈번하게 지나는
곳입니다. 가게 안은 편의점 못지않게 깔끔히 정리되어 있고 물건도
제법 많았습니다. 옆 테이블에는 어르신 세 분이 번데기 통조림을 놓고
맥주잔을 기울이고 있었습니다. 담배 진열대가 놓인 나무 선반 건너 조금
떨어진 곳에 희고 곱상한 얼굴의 주인아주머니는 돋보기안경 너머로 가끔
테이블을 쳐다볼 뿐 말없이 앉아서 영수증을 정리하고 계십니다.
검게 그을린 얼굴에 '새마을' 글자가 쓰인 모자와 수건을 목에 두른,
금방 힘든 일을 마치고 한차례 숨을 돌리는 듯 보이는 서글서글한 눈빛의
주인아저씨와는 얼핏 봐도 나이 차이가 있어 보입니다. 탁자에 마주 앉은
두 분은 동네 지기들로 오랜만에 만나 낮술까지 이르게 된듯 합니다. 아직

해는 넘어갈 생각이 없는데 아주머니의 눈치에도 아랑곳하지 않고 주거니 받거니 하십니다.
거창에서 이 가게에 물건을 대던 배 씨 아저씨는 원래 주인 어르신이 갑자기 돌아가시자
이곳으로 터를 옮기기로 결정, 딸 이름으로 슈퍼 간판을 내걸고 가게를 다시 열었다고 합니다.
권 씨 아주머니는 "첫아이를 낳은 후 1984년에 이곳에 와서 40년 동안 저 양반들 주정을 들으며
내 꽃다운 세월을 다 보냈어!"라고 푸념하셨습니다. 날마다 아침이면 선반 물건에 쌓인 흙먼지
털어 내기가 일과의 시작이라 점점 더 고되고 힘에 부쳐 맘 같아서는 집도 고치고 싶고, 가게 옆
감나무와 은행나무 낙엽 치우기도 보통 일이 아니어서 아예 없앨까도 생각했답니다. 그런데
분가해서 도심에 나가 사는 큰아이가 "엄마, 일본 교토에 가니 우리 집 같은 오래된 집이 많아서
놀랐어요. 절대 나무를 베어 내면 안 돼요. 우리 가게엔 감나무가 있어야 해요!" 하는 성화에
집도 나무도 그 자리에 그대로 놔두었답니다.

옆에 계시던 아저씨 한 분이 열여섯 살 무렵부터 이 가게를 기억한다고 거들었습니다. 처음
이곳은 지붕이 토기로 된 전통 기와였는데 오래전 시멘트 기와로 바꾸고 문짝을 새시로 다시
단 것 말고는 그대로라고 하십니다. 그사이 새로 한 기와에 이끼도 끼고 빛도 바래 또다시
세월을 덧입혔습니다. 아저씨는 제게 대뜸 "이곳이 어딘지 아시오? 이곳을 말할 때 대가야를
빼놓을 수 없지요" 덧붙였는데 그 말 속에 지금까지 삶의 터전이 된 고향에 대한 긍지와 사랑이
전해졌습니다.

진희슈퍼는 지역의 오래된 구멍가게가 지금까지도 변함없이 가게의 순기능을 유지하며 동네
사람의 사랑을 받는다는 점에서 구멍가게를 주제로 작업하는 제게 커다란 기쁨을 느끼게 해 준
고마운 곳입니다. 기회가 닿으면, 해인사 가는 길에 알콩달콩 행복하게 사는 배 씨 아저씨,
권 씨 아주머니의 진희슈퍼에 들러 시원한 음료도 마시고 동네 이야기도 들어 보시길 바랍니다.

진희슈퍼 | 경북 고령군 | 49×86cm | 2019 ❖

감나무집슈퍼 | 140×110cm | 2017 ❖

대율정류소 가게

가게 앞 아름드리 플라타너스가 지나가는 이의 발길을 멈추게 합니다.
한참을 문밖에서 서성이고 있는데 허리가 몹시 굽은 할아버지께서
지팡이를 짚고 느릿느릿 다가와 가게 문을 두드리자, 가게 옆으로 난
대문을 열고 아주머니가 나오셨습니다.
검게 그을린 주인아주머니의 얼굴은 고흐가 그린 '감자 먹는 사람들'에
등장하는 아낙네를 닮았습니다. 할아버지를 따라서 덩달아 가게 안으로
들어갔습니다.
담배를 사러 오셨다는 할아버지께 아주머니는 "겨우내 바깥 걸음을 통
안 하셔서 걱정했어요. 혹시 편찮으신 게 아닌지" 하고 정 깊은 인사를
건넵니다. 여든이 넘은 할아버지는 이 가게의 옛이야기를 해 주셨습니다.
40년 전 가게 맞은편에 살던 예전 주인이 지금의 주인아주머니께 가게를
넘기고 도시로 이사를 가셨답니다.
허물어진 천장 서까래의 틈으로 오래된 속살이 비쳐 보입니다. 아주머니는
주전자의 끓는 물로 봉지커피를 타 주며 난로 옆에 앉으라고 권하십니다.
할아버지의 동네 이야기가 이어지고 아주머니의 호쾌한 입담도 대화의

재미를 더합니다. 삼국유사의 고장으로 유명한 마을의 에밀레종과 그에 얽힌 설화까지 들려주신 후에야 고장에 대한 자랑이 끝이 났습니다.

밥은 먹었는지, 다음에 오면 집에서 자고 가라고 멀리서 찾아온 낯선 손님에게도 아무렇지 않게 건네는 아주머니의 말씀이 더할 나위 없이 살가웠습니다. 잘 가라며 제 손을 맞잡은 투박한 손끝에선 강하고 단단한 삶이 전해졌습니다. 틈틈이 농사일도 하고 한평생 가게를 지키며 부지런히 하루하루 살아왔던 시간을 아주머니의 손이 말해 주는 듯합니다.

대율정유소 가게 | 경북 군위군 | 60×73cm | 2019 ❖

주흘리가게 | 59.5×73cm | 2017 ❖

❖ 풍천면에서 | 45×80cm | 2018

part 4

마음의 고향

소꿉놀이

너는 아빠, 나는 엄마, 사금파리 위에 들꽃을 따다 예쁘게 한 상
차렸습니다.

두 아이가 아주 어릴 때 놀아 달라고 하면 제가 예전에 했던 놀이를
알려줬습니다. 그중 한 가지가 소꿉놀이입니다. 요즘에는 플라스틱
장난감과 놀이기구들이 워낙 잘 만들어져 시시할 수도 있습니다. 늦가을,
아이들과 잡풀이 웃자란 작업실 뒤뜰로 나왔습니다. 아이들보다 제가 더
신이 났습니다. 고사리손으로 "우와! 이것도 좋겠다"며 아이들이 경쟁하듯
들고 오는 돌멩이, 꽃, 풀잎, 열매로 우리는 서로 머리를 맞대고 마법의
밥상을 차렸습니다. 어른이 된 딸아이는 돌 위에 차린 꽃 밥상이 지금도
생각난다고 합니다.

얼마 전 건강검진을 받을 때 폐가 아팠던 적이 있느냐는 질문을
받았습니다. 아마도 여섯 살 무렵 결핵을 앓았던 흔적이 남아 있나 봅니다.
결핵은 1970년대에 많이 걸렸던 질병인데, 아빠가 결핵에 걸리자 저와
세 살 아래 남동생 모두 감염이 되었습니다. 갑자기 세 식구 모두 병에
걸렸다는 청천벽력 같은 소리를 듣자 눈앞이 깜깜했다는 엄마는 그때를

떠올리며 고개를 절레절레 저으십니다. 직장에 다니며 세 식구 병간호까지 하려니
엄마 혼자서 동분서주 뛰어다녀야 했답니다.

결국 서울에 엄마를 홀로 두고 아빠와 저와 남동생은 요양 차 제천 할아버지 댁으로
내려갔습니다. 잘 먹어야 낫는 병이라며 할아버지는 뱀을 가져다 달라고 인근의 땅꾼에게
부탁하셨습니다. 땅꾼 아저씨들은 그날 잡은 온갖 종류의 뱀을 들고 매일같이 왔습니다.
저녁밥 지을 때면 마당 한가운데서 할아버지와 아빠가 얇은 나무 상자 안에 든 뱀을 조심스레
꺼내며 한바탕 소동이 벌어졌습니다. 뱀이 무서운 우리는 멀찌감치 피해서 봉당 위에 쪼그려
앉아 구경했습니다. 징그러워 하시면서도 내 새끼들 먹일 약이라며 할머니는 냄비에 손질한 뱀
서너 마리를 통째로 넣고 정성껏 고아 거무튀튀한 곤죽으로 만들어 주셨습니다. 지금 생각해도
밍밍하고 징그러운 뱀죽을 씩씩하단 말이 듣고 싶어서였는지 용기 내서 먼저 먹었습니다.
고단백의 뱀죽 덕분인지 아빠의 병이 점점 호전되었고 혼자 일하는 엄마에게 보탬이 되고자
시골에서 앙고라토끼를 키우기 시작했습니다. 그때는 앙고라토끼 털이 돈이 되었던 때라,
농가에서 부업으로 흔히 키웠습니다. 엄마와 떨어져 있는 건 싫었지만 시골 생활은 신나는
모험의 연속이었습니다. 손가락만 한 붉은 새끼 토끼가 하얀 털이 나고 손으로 만질 수 있을
정도로 자라서 건네주는 풀도 잘 받아먹게 되는 걸 지켜봤습니다. 사랑방에서 토끼털을 깎기
위해 작은삼촌과 고등학교 다니던 고모는 토끼를 잡고 야단법석을 떨었고 그 광경을 보고
토끼가 다칠까 걱정하면서도 웃음을 터뜨리던 기억들. 하루는 너무 짧았습니다.
아침에 눈 뜨기가 무섭게 윗집 선희 언니와 아랫집 동민이 오빠랑 함께 놀았습니다. 우리는 들로
산으로 뛰어다니며 나무 위에도 오르고 마을 개천에서 먹을 감고 다슬기도 잡고 예쁜 돌도
주웠습니다. 그때 했던 소꿉장난이야말로 잊을 수가 없습니다. 밤 쭉정이 끝에 작은 구멍을
내서 나뭇가지를 꽂으면 멋진 숟가락이 됩니다. 깨진 옹기 항아리 조각을 돌로 두드려 둥글게
다듬은 그릇에 호박꽃 암술을 잘라 담아 달걀말이 모양의 반찬으로 만듭니다.

엄마슈퍼 | 45×80cm | 2017 ❖

도토리 꼭지 밥그릇과 물가에서 주워온 예쁜 조약돌 접시, 붉은 벽돌을 빻아 민든 고춧가루, 풀, 들꽃, 열매는 우리의 상상력을 발휘한 근사한 놀이 재료로 변신했습니다. 어른들에게는 긴 어두운 터널을 지나듯 힘들었을 시간이지만 어렸던 우리는 자연 속에서 마냥 행복했습니다. 서울 집으로 돌아와서도 늘 시골이 그리웠습니다.

초등학교에 입학하고서도 주사를 맞으러 병원에 다녀야 했지만 아팠던 기억은 엑스레이 사진의 희뿌연 흔적처럼 흐릿합니다. 그저 들, 산, 냇가에서 아무 걱정 없이 신나게 뛰놀던 소꿉동무가 보고 싶습니다.

연무상회 | 45×53cm | 2017 ❖

❖ 진해상회 | 경남 창원시 | 40.5×31.5cm | 2019

남해수퍼 | 35×35cm | 2017 ❖

서천 마을슈퍼

서천 판교면 오성초등학교 옆에 간판도 없는 작은 가게를 오래전부터 동네
사람들은 '마을슈퍼'라고 불렀습니다. 마을 초입, 들판의 찬바람을 비닐로
막아 온실처럼 따스한 가게 안에는 붉은 꽃이 만발한 제라늄 화분들
사이로 마실 나온 아주머니들의 이야기꽃이 한창 피어오르고 있습니다.
판교면을 걷다 보면 옛날 흑백사진이나 영화 속 한 장면에 서 있는 듯한
착각을 불러일으킵니다. 이곳은 1930년 장항선 판교역이 개통된 이래
사람들이 몰리고 충남에서 손꼽는 우시장이 열렸는데 인근은 물론이고
타 시군에서까지 소를 끌고 와 장터에는 사람보다 소가 더 많았고 사람과
소에 뒤섞여 움직이기조차 어려웠을 정도로 몹시 붐볐다고 합니다.
소는 농가에는 없어서는 안 될 큰 일꾼이고 재산이었습니다. 자식을
분가시키거나 객지로 유학을 보내어 목돈이 꼭 필요할 때 마지못해
우시장에 내다 팔았습니다. 친할아버지도 소를 키우셨는데 큰일을
앞두고는 소를 파셨던 것 같습니다.
태어난 날 스스로 일어서는 송아지를 보았을 때는 기특하고 신기했습니다.
며칠 안 되어 뽀얗게 살이 오른 송아지는 장난꾸러기여서 또래 친구 같아

더 좋았습니다. 사랑방 가마솥에 작두로 잘게 썬 옥수숫대를 한 솥 푹 끓여 여물을 주면 얼마나
맛나게 먹던지 덩달아 저도 여물 맛을 봤던 기억이 납니다. 옛날부터 시골에선 집마다 소를
가족처럼 애지중지 키웠습니다.

1980년대 그렇게 번창했던 우시장도 사라지고 마을이 철도시설공단 부지에 속해 건축제한과
함께 개발이 어려워졌답니다. 그 뒤 마을의 시계가 멈춰 버린 듯합니다. 한적한 판교삼거리
플라타너스는 그루터기만 남았고, 사라진 양철 지붕 구멍가게를 지나서 방앗간, 판교극장,
쌀가게, 사진관, 동일주조장, 이용원, 옥산집, 해묵은 간판의 빈집들 사이사이에 있는 골목은
연극이 막을 내린 텅 빈 무대 위 세트장 같습니다.

복고 열풍이 불면서 사람들을 실은 무궁화 열차가 판교역에 막 도착합니다. 마을슈퍼의
벚꽃이 활짝 반깁니다. 방앗간을 찾은 아주머니들의 소쿠리, 다라이, 양푼이 쪼르륵 줄을 서서
기다립니다. 이발소의 뱅글뱅글 불빛이 돌고 주조장의 달력도 제날을 가리킵니다. 두근두근
묵직한 문을 밀고 자줏빛 융단 커튼에 머리를 들이밀며 들어선 컴컴한 극장 안엔 이미 필름이
돌고 발을 헛디딜지 몰라 조심조심 허리를 굽혀 자리에 앉습니다. 동시상영도 좋고요, 추억의
영화도 상관없습니다. 오랜만에 입술 가득 짜장면을 묻히고 먹어도 보고, 쫄면, 어묵, 라면사리,

양배추 가득 산처럼 쌓여 있는 즉석떡볶이도 먹고 싶습니다.

오일장이 열리면 더 신나겠지요. 막걸리 한 사발 하러 온 손님들로 옥산집이 시끌벅적하고 전부치는 고소한 냄새가 골목 가득 진동합니다. 가끔 뻥튀기의 '펑' 소리에 깜짝 놀라도 즐겁습니다. 장미사진관은 문을 활짝 열고 손님을 받습니다. 어르신들은 동네 평상에 앉아 세상 구경을 하십니다.

아직은 상상 속 풍경이지만, 이런 날이 정말 오면 하루가 꿈결 같이 지나갈 듯합니다. 그리워지면 언제고 다시 올 수 있는 곳, 서천 판교 마을은 추억으로 불을 밝힙니다.

서천 마을슈퍼 | 충남 서천군 | 91×117cm | 2019 ❖

❖ 용평상회 | 45×80cm | 2017

한곳에 오래 터를 잡고 살다 보니 우리 집 꼬맹이들이 어느새 훌쩍
자라 성인이 되었습니다. 한 번 자리를 잡은 집 안의 물건들은
어지간해서는 바꾸거나 옮기지 않아 늘 그대로입니다. 어느 날 창고
방을 정리하다 아이들이 어릴 때 애지중지 품에 끼고 살던 먼지 쌓인
상자를 발견했습니다. 인형, 딱지, 구슬, 미니카, 콩알만 한 장난감이
한가득. 버리지 않고 두길 잘했다는 생각이 들었습니다. 정리는 뒷전이고
구석구석 간직했던 물건들을 들추다 보니 하염없이 옛날 생각에
잠겼습니다.

제가 어릴 땐 종이 인형을 사는 것보다는 마루치아라치, 캔디, 마징가Z 등
캐릭터는 물론 예쁜 소녀를 종이에 그리고 오려 놀았습니다. 그 위에 입힐
갖가지 옷이며 신발, 모자, 가방 등도 만들었습니다. 얼마나 열심이었는지
사과 상자에 한가득 쌓였는데, 친구들과의 인형 놀이도 재미있지만 그리고
만들 때 훨씬 더 신이 났습니다.

흑백텔레비전의 소머즈나 원더우먼, 특히 얼굴 가득 앉은 주근깨가
나와 닮은 말괄량이 삐삐가 부러웠던 시절이었습니다. 어떻게 하면

동생의 딱지를 왕딱지로 만들까 고민했고 딱지치기를 해서 동네 딱지를 싹쓸이하는 날을
꿈꿨습니다. 병뚜껑치기가 한창 유행이라 쇠로 된 병뚜껑을 죄다 모아 힘들게 펴려고 고생했던
기억도 납니다. 잦은 이사와 전학으로 기억에 남는 친구가 없던 그때, 친구가 되어 놀아 주던
종이 인형과 인형을 곱게 정리해 두었던 인형 상자가 생각납니다.

물건과 사람은 서로 인연을 맺고 살고 있습니다. 사물이든 사람이든 시간이 지나도 기억 속에
온전히 존재할 때 비로소 나의 것이라 느낍니다.
딱지, 풍선껌 안에 들어 있던 작은 만화책, 만화경이나 유리 상자, 열쇠, 돌멩이, 인형, 카드, 우표,
누더기가 된 퀼트 이불의 부드러운 촉감, 시간마다 쩌얼꺽 하며 시간을 알리는 괘종시계의
소리, 바닷가에서 주운 조개껍데기, 흑백사진, 맨 처음 갖게 된 샤프, 오르골, 책갈피에 꽂아 말린
나뭇잎과 꽃잎들, 구멍 난 스웨터, 닳아 너덜거리는 소매의 옷. 이사할 때 장롱 뒤에서 그렇게
찾아 헤매던 물건을 발견할 때의 기쁨, 박제된 허물의 먼지를 털어낸 사물을 통해 내 안에
오랫동안 묻어 두었던 그 순간의 냄새, 풍경, 색깔, 감정이 바람처럼 다녀갑니다.

풍년슈퍼 | 35×35cm | 2017 ❖

❖ 새말상회 | 25×35cm | 2017

유년시절은 누구나 한 번 지나왔습니다만 그 기억은 개개인의 자전적 기록이기에 암호로 남긴
흔적과 같아서 다분히 주관적입니다. 누군가에겐 어렵고 힘든 시절이라 아픔과 상처가 더 클
수도 있으나 그 속에서도 더 오래 기억에 남는 것은 행복하거나 소중했던 순간이라 합니다.
그래서 힘들었던 순간도 시간이 흐른 후에는 애틋함으로 남아 있나 봅니다.
계속 흐르는 시간을 살아가야 하는 우리에게 그 기억들은 현재의 나를 이루는 바탕이 되기도
하고, 때로는 위로의 말을 건네는 오랜 친구가 됩니다. 어른이 되고 나이가 들면서 바라는
것, 소중한 것, 지키고 싶은 것이 그때와는 많이 달라졌지만 문득 내가 좋아하는 것은 뭘까
생각합니다.
기억의 사물들로 가득 채웠던 유년의 보물상자를 열면 햇볕에 까맣게 그을린 바가지머리의
꿈 많던 소녀가 묻습니다.
"너는 지금 행복하니?"

현
대
수
퍼

전주가 고향인 남편과 함께 한옥마을에 찾아갔습니다. 전주에서 작업하는
작가가 많은데 그중 전주 한국전통문화전당에 '욱샘공방'도 있습니다.
대학 때 동교동 제 작업실에 자주 드나들던 우평 아저씨와 욱샘은
결혼하고 예향 전주에서 자리를 잡아 전통을 지키려는 사람들과 소통하며
지역문화에 색을 입히는 작업을 합니다. 주말이라 주차 공간이 없어
오목대를 한참 지나 갓길 빈자리에 차를 세우고 걸었습니다. '원광슈퍼'와
'오목대슈퍼'를 지나 아래로 내려오니 먹거리 장터가 왁자지껄합니다.
고즈넉하던 교동의 멋 대신 기와지붕 사이사이 상점들이 시선을
사로잡았습니다. 마을 안을 천천히 걸으며 30년 전 화개장터에서 지리산
노고단까지 힘들게 올랐던 산행과 고단했던 서울 작업실 이야기를 하며
옛 추억을 떠올렸습니다.
전주천길을 거슬러 한벽루 방향으로 가던 중에 '현대수퍼'를 보았습니다.
유달리 녹이 슨 낡은 간판은 오래된 가게의 시간과 우리의 모습을
대변하는 듯했습니다. 주인아저씨는 친구와 소주 한잔하고 계셨는데,
놀랍게도 그분이 남편 중학교 때 생물 선생님이셨습니다.

현대수퍼마켙 | 전북 전주시 | 38×70cm | 2019 ❖

남편은 한바탕 웃으며 학창 시절로 돌아간 듯 지난 까까머리 때 얘기를 안주 삼아 고등학교 후배로 한 잔, 중학교 제자로 또 한 잔, 소주를 죽 들이킵니다. 사람의 관계는 얽혀 있습니다. 한 다리 건너면 알았던 사람이거나 알 수 있는 사람입니다. 자주 만나 어울리지는 못하지만 그래도 세상에 나 혼자인 경우는 없습니다. 남편은 떠났던 둥지를 찾아온 것처럼 일어설 줄 모릅니다. 주인아저씨 사위가 오고 나서야 음료수 한 박스를 사 들고 겨우 자리를 떴습니다.

어둠이 내려앉은 시간에서야 시어머니가 계신 소양천 둑길을 따라 초포로 향합니다.

서울슈퍼 | 35×35cm | 2017 ❖

장터슈퍼

금단산자락 계곡을 따라 이어지는 발길이 정이품송 앞을 지나 팔상전과
금동미륵입상이 있는 속리산 법주사 주변에 멈춰서 하룻밤을 머물렀습니다.
늘어선 숙박업소와 식당가 사이에 작은 슈퍼들도 불빛을 밝히고 청량한
바람이 불어옵니다. 기운 돋는 산나물 가득한 산채정식과 솔 향이 은은하게
배인 동동주로 저녁식사를 했습니다. 다음 날 아침, 서둘러 가벼운 산행을
하고 보은군 장안면으로 내려오다 '장터슈퍼'를 만났습니다. 간판
이름만으로도 어릴 적 장날의 추억이 소환되어 마음이 따뜻해지는 그런
가게였습니다.

장날이 되면 할머니는 아침부터 서둘러 잘 익은 복숭아, 살구, 자두 등
과일과 고추, 밭에서 딴 푸성귀를 한가득 소쿠리에 담아 머리에 이고 장터로
나갈 차비를 하십니다. 저는 가벼운 짐 보따리를 거들어 들고 쫄래쫄래
할머니 뒤를 따랐습니다. 버스에 오르고 보면 장에 나가는 할머니들의
물건을 담은 광주리, 소쿠리, 둥우리 등이 발 디딜 틈도 없이 차 안에 들어차
있었고, 버스가 우둘투둘 시골길을 달리면 멀미가 나는 걸 참으면서 땀이
나도록 의자 손잡이를 꼬옥 잡았습니다.

마침내 제천 중앙시장에서 내리면 장터 가장자리엔 벌써 장돌림이나 장꾼의 천막이 쳐 있고 할머니는 늘 앉으시던 시장길 중앙극장 앞 노천에 자리를 피셨습니다. 부랴부랴 보자기 위에 가져온 물건을 보기 좋게 진열한 뒤에는 옆자리의 할머니들과 그동안 밀린 이야기를 나누느라 정신이 없으셨습니다. 없는 것 없이 다 있는 시장 구경, 사람 구경, 놀이패나 각설이의 공연을 보느라 시간 가는 줄도 모르고 마냥 즐거웠습니다. 할머니가 사 주시는 달달한 냉차도 마시고 아이스케키도 먹었습니다. 손님들과 흥정하며 마지막 떨이까지 툭툭 다 팔고 나면 할아버지 몸보신해 드릴 오골계와 생필품을 사서 빈 소쿠리에 담아 다시 이고 돌아왔습니다.

옛 제천 중앙시장골목 무명화가가 그린 극장 간판, 개천가를 따라 즐비하게 있던 오래된 상점, 울퉁불퉁 흙길인 시장 바닥, 대패로 밀어 나무젓가락에 말아 주던 생강향이 나는 매운 엿, 저고리마냥 주름진 할머니의 얼굴, 터덜터덜 놀이기구 같던 버스, 한 입 문 복숭아에서 나온 애벌레에 소스라치게 놀랐던 일이 모두 추억의 뒤안길로 사라져 버렸습니다.

우리 동네 경춘선 마석역 부근 철길 고가 아래에도 오일장이 3일과 8일에 열립니다.

제법 장이 크고 오래되어서 물건도 다양하고 사람들도 많이 몰립니다. 산책하다 나도 모르게 발길이 닿습니다. 할머니와 함께 다녔던 중앙시장 골목을 떠올리며 저녁 찬거리로 고등어와 산나물 한 소쿠리 사 들고 집으로 향합니다.

❖ 장터슈퍼 | 충북 보은군 | 72×91cm | 2018

삼거리상회 | 충북 충주시 | 31×40cm | 2018 ❖

대기수퍼

제천에 사시는 친정엄마는 이웃 동네로 마실 나가실 때도, 친구들과
여행을 가실 때도 딸을 위해 열심히 구멍가게를 찾습니다. 관심을 가지고
보면 보이나 보통은 그냥 지나치기 쉬운데 저를 위해 애써 주시는 엄마의
마음이 항상 고마울 따름입니다. '대기수퍼'도 엄마가 알려 주신 가게 중
한 곳입니다.

영월과 단양 중간쯤 한적한 59번 국도를 지나다 보면 별방리라는 작은
시골 마을과 만나게 됩니다. 요즈음은 어딜 가더라도 구멍가게를 만나기
쉽지 않은데 신기하게도 이 마을에는 하나도 아니고 대기수퍼, 복지슈퍼,
태화연쇄점이라고 간판을 단 구멍가게 세 곳이 삼거리 도로 둘레둘레
오래된 벗처럼 다정히 어깨를 맞대고 있습니다. 옛 간판과 나중에 단
간판이 함께 걸려 있는 '대기수퍼' 앞 벤치에는 하루에 두세 번 제천과
단양을 오가는 버스를 기다리는 어르신들이 앉아 계셨습니다. 어린 시절
꼬맹이일 때 할머니 손을 잡고 장날 읍내에 나갔다가 애련리로 돌아오는
길에 늘 만났던 정류소 앞 가게가 떠오르는 정겨운 가게였습니다.

❖ 대기수퍼 | 충북 단양군 | 45×80cm | 2019

주인 할머니께서는 마을에 버스가 들어오면서부터 초가지붕의 작은 점방에서 차표와 물건을
팔기 시작하셨고 지금은 이래 보여도 40년 전 이 가게를 새로 지을 땐 동네에서 제일 큰
가게였다고 미소 지으며 말씀하셨습니다. 건너편 가게들은 이 가게 열고 얼마 뒤에 들어섰다고
합니다. 어찌 되었든 어느 곳 하나 맘 상하지 않게 세 가게를 돌아가며 물건을 사러 온다는 동네
손님들의 배려 덕분에 큰 문제없이 그럭저럭 지금까지 장사를 하고 있다고 하셨습니다.
긴 세월 서로를 의지하며 함께 살아남은 별방마을의 오래된 가게들은 오늘도 오가는 이에게
처마 아래 기댈 아늑한 곁을 내주고 있습니다.

부흥슈퍼

잠시 들른 황간 옥포삼거리에 있는 '명신슈퍼' 주인 할아버지는 처음엔
무뚝뚝하시더니 말문이 트이자 지역 이야기와 나라 걱정, 경제 현안 등
세상 돌아가는 이야기를 풀어놓으셔서 시간 가는 줄도 모르고 들었습니다.
한참 뒤 가게에서 나오니 동네 아주머니가 다가와 곧 재개발될 금상교
주변을 사진으로나마 남기고 싶다며 촬영을 부탁했습니다. 동네
아주머니의 마음을 알 수 있었기에 찍은 사진을 현상해서 꼭 보내드린다고
약속하고 주소를 받았습니다.

느지막이 영동 '부흥슈퍼'에 도착했습니다. 좁다란 골목길에 파란
양철지붕의 예스러운 가게가 조용히 나를 반겼습니다. 가만히 손을 문틀에
대자 세월에 응축된 사연이 손끝에 전해 옵니다. 공들여 짠 듯 보이는
나무 진열대 안에 과자와 음료수 잡화가 깔끔하게 놓였고 가게 한편 난로
위 주전자에 김이 오릅니다. 잠시 뒤 마당으로 나 있는 문에서 키가 큰
할머니께서 들어오셨습니다.

부흥슈퍼 | 충북 영동군 | 72×91cm | 2019 ❖

50년 넘게 가게를 하시며 아이들도 잘 키우고 살았지만, 그동안 별의별 일도 다 겪었다면서,
할머니는 변치 않고 가끔 들리는 동네 단골손님을 위해 문을 닫을 수 없다고 하십니다. 연세를
묻자, "숙녀 나이를 와 묻습니까? 안 가르쳐 줄라요" 하시고 수줍은 듯 슬그머니 피하십니다.
하는 일 없이 나이만 자꾸 먹어 민망하다는 할머니의 큰아들이 예순이 다 되었다니 어림잡아
연세를 가늠할 수 있지만, 아직 정정하시고 고운 할머니에게는 세월이 하도 서운하게 지나와서
젊은 날이 엊그제처럼 느껴질 것 같습니다. 제법 너른 정방형의 안마당을 둘러본 후 할머니께서
끓여 주시는 라면 한 냄비를 맛있게 먹고 허기를 채웠습니다.
이문에 따라 생겼다 쉽게 사라지기도 하는 도시의 편의점들과 달리 부흥슈퍼는 할머니와
떼려야 뗄 수 없는 존재가 되어 버린 곳입니다.
과거와 현재의 시간, 미래를 모두 담아 구멍가게를 그리고 있습니다. 그 애틋한 매력이 이미
저에게도 숙명과도 같은 삶의 한 부분이 되어 버렸습니다.

❖ 오신슈퍼 | 충남 예산군 | 45×53cm | 2017

밤
나
무
골
이
모

친정엄마의 일곱 형제 중 유일하게 살아계신 이모님이 진천 밤나무골에
계십니다. 이모는 평생 힘들게 과수원 일을 도우며 칠 남매를
키우셨습니다. 여든이 넘은 이모의 눈은 점점 어두워지고 거동도 불편해
거의 밖에 나가질 못하십니다. 혼자 방에 있는 긴 시간 동안 이모는
옷가지를 꺼내 바느질을 하십니다. 새로 사 드린 옷이며, 당장 외출할 때
입을 옷도 없을 정도로 장롱 안에 있는 옷을 죄다 꺼내 가위질해서 꿰매고
또 꿰맵니다. 아무리 말려도 소용이 없습니다.
아무도 실을 꿰어 주지 않으면 눈이 어두운 이모가 어떻게 바느질을 계속
하겠나 생각할 수도 있는데, 이모에게는 실 꿰는 특별한 비법이 있습니다.
누에고치에서 나온 부드러운 솜털을 이용해 바늘에 꿰어 있는 실과 새로
꿰어야 하는 실을 솜과 함께 돌돌 비벼 매듭이 없이 꼬아 이은 후 살살
바늘에 꿰어 있는 실을 당기면 뒤의 실이 앞 실을 따라 바늘귀를 통과하는
방법으로 실을 꿰서 누구의 도움 없이도 바느질을 할 수 있답니다.
집 안에 온통 잘린 천 쪼가리가 가득합니다. 어찌 보면 멀쩡한 옷을 못
쓰게 만드는 일을 끊임없이 하는 거죠. 가끔 이모를 보러 밤나무골에

가면 엄마는 온종일 이모가 어질러 놓은 집을 치우느라 바쁩니다. 어딜 가나 고생하는 엄마가
안쓰럽고 속상해서 물었습니다.

"이모는 왜 자꾸 바느질만 한대요? 멀쩡한 옷을 죄다 못 쓰게 하면서."

엄마는 체념한 듯 "자꾸 바느질이 하고 싶대. 예전 그 근방에서 이모 바느질 솜씨가
제일이었다고 하면서 말려도 소용없어"라고 말씀하십니다.

갓 시집오자마자 이모부도 객지로 떠돌고 살길이 막막했던 이모는 시어머니가 바느질감을 얻어
오면 삯바느질을 해서 홀로 시부모님을 봉양했습니다. 아마도 젊은 날 하던 바느질이 생각나서
그러신가 봅니다.

엄마는 "나도 밤나무골 언니처럼 나중에 바느질한다고 저러면 어쩌냐?" 하시면서 걱정스레
웃으십니다. 문득 '나도 그럼 나이 들어 계속 그림만 그리겠다고 우기며 난장판을 만들지
않을까?' 싶습니다.

바느질하는 순간만은, 팔십의 이모는 어여쁜 새색시로 돌아가는 듯합니다.

마석우리에서 | 31.5×40.5cm | 2018 ❖

❖ 가을구멍수퍼 | 31.3×40.5cm | 2019

복사꽃가게 | 122×122cm | 2020 ❖

차
부
슈
퍼

차부車部는 버스, 자동차의 시발점이나 종착점에 마련된 주차장을 흔히
이르는 말로 전국에 걸쳐 많은 장소가 있습니다.

천안 동산길 시골 마을에 도착하여 가게 문을 열고 들어서자 젊은
아주머니가 앉아 계셨습니다. 결혼하면서부터 남편의 고향인 이 마을에서
40년 가까이 사셨답니다. 시아버지와 남편 그리고 지금은 도시로 나가
있는 자녀도 모두 이 마을 토박이로 가게 옆 천동초등학교를 나왔습니다.
남편이 어릴 적 학교를 마치면 자주 들렀던 이 구멍가게를 20년 전에
인수해서 지금까지 운영하고 계십니다. 추억 가득한 바로 그 구멍가게의
주인이 된다는 것은 어릴 적 꿈이 실현된 것 아닐까요? 저도 구멍가게
하는 친구네 집이 너무 부러워 없는 게 없는 만물상회 주인이 되어
으스대며 아이들에게 먹을 것을 맘껏 나눠 주는 상상을 했습니다.
세월에 낡아 불편할 수도 있을 것 같은 가게는 옛 모습 그대로였습니다.
제가 주인이었더라도 그대로 온전히 지키고 싶었을 것 같습니다.
아주머니는 귀퉁이가 찢긴 벽지 사이 속살이 드러난 황토벽을 보면서
"흙집이 겨울에는 따뜻하고 여름엔 얼마나 시원한데요. 이 집은 시아버님

어릴 때도 있었다는데 80-90년쯤 되지 않았을까요?" 하시며 반기셨습니다. 그때그때 필요해서 손으로 쓴 거래처 전화번호들이 벽면을 가득 메우며 선사시대 벽화처럼 그려져 있었습니다. 지나는 어르신께 동네 내력을 물어보니 "이 가게는 이사 올 때부터 봤던 가게인데 여기서 낳은 우리 딸이 올해 쉰여덟 살이 되었으니 그것보다 훨씬 전부터 있었겠지. 내 기억으로 주인이 여러 번 바뀌었는데 지금 양반이 들어온 건 근 20년쯤 되었을걸. 바로 옆 방앗간도 참 오래되었는데 어르신들이 이젠 힘에 부쳐 얼마 전에 문을 닫으셨지"라며 친절하게 알려 주셨습니다.

휴게소라는 뜻의 '차부슈퍼'는 오랜 세월 장승처럼 때로는 정자나무처럼 그렇게 조용히 나이 들며 마을을 지키고 있었습니다.

❖ 차부슈퍼 | 충남 천안시 | 49×86cm | 2019

part 5

문을 열고, 구멍가게 안으로

휘어진 손가락

어릴 때부터 잔금이 많은 제 손을 보고 어른들은 "부지런하고 고생 많이 하게 생겼네"라고 했습니다. 늘 할 일을 달고 다니셨던 할머니와 엄마를 보면서 자라왔기에 '나도 고생하며 살려나?' 싶어서 마음에 걸렸습니다. 조금씩 자라면서 손을 잠시도 가만히 두지 않아서 잔금이 더 많이 생겼을 것 같다고 생각합니다. 끊임없이 움직여야만 하는 운명을 타고난 손인 셈이죠. 지금도 오랜 시간 그림을 그릴 때, 대부분의 노동을 순전히 오른손이 짊어지고 있습니다. 어찌 되었거나 바지런한 손 덕분에 잘 살고 있습니다만 펜대를 잡느라 휘어진 손마디가 저려올 때면 너무 고생시키는 것 같아서 괜히 미안해집니다.

손 인상이라고 할까요? 손을 보면 그 사람이 살아온 날이 보입니다. 젊은 날 옷을 만드느라 가위질을 많이 해서 마디가 굵어진 엄마의 손, 맏며느리로 시집와 칠 남매를 키우며 농사일까지 하시느라 거칠어진 시어머니의 손, 구멍가게 어르신들의 투박하고 주름진 손은 성실하게 살아온 삶의 훈장 같습니다. 점점 못생겨지는 제 손이 참 고맙고 좋습니다.

❖ 산척에서-겨울 | 80×80cm | 2017

산척에서-봄 | 80×80cm | 2017 ❖

❖ 산척에서-여름 | 80×80cm | 2017

산척에서-가을 | 80×80cm | 2017 ❖

제씨상회

바지런히 선을 긋고 또 그어 그림이 마디게 완성이 되는 사이 작업실
창밖은 초록으로 훌쩍 옷을 갈아입었습니다.
몇 해 전 처음 인연을 시작으로 통영에 갈 때마다 들르는 가게가 있는데
산양삼거리에 있는 '제씨상회'입니다. 삼거리에서 박경리기념관 가는 길
초입에 있는 이 가게는 두 발로 걷지 않으면 그냥 지나치기 쉬운 곳입니다.
바다내음이 그리 멀지않은 자그마한 마을에 하루 종일 햇살을 길게 드리운
황토색 가게가 청량하게 푸르른 하늘과 대조를 이루며 온기를 가득 머금고
있었습니다. 그 따스함에 끌려 그림을 그리기 시작한 제씨상회는 한 해를
넘기고 아카시아 향기 가득한 5월이 되어서야 완성했습니다.

한국전쟁의 상처가 채 아물기도 전인 1959년 9월에 불어닥친 태풍 사라는
지금도 회자될 정도로 많은 피해를 주었습니다. 이 태풍에 원래 있던
가게가 떠내려가서 아픔을 딛고 맞은편 자리에 다시 지은 가게가 지금의
제씨상회입니다.

제씨상회 | 경남 통영시 | 75×135cm | 2019 ❖

가게의 독특한 이름은 시어머니의 성씨를 따서 지었다고 합니다. 근대화 열풍으로 구멍가게 이름도 현대, 삼성, 금성, 선경 등이 유행하던 때 제씨상회는 마치 밤나무골 김 씨, 한사월 이 씨, 평사리 최 씨, 하오리 정 씨처럼 씨족사회를 이루는 오래된 토박이 마을의 온정이 묻어나는 느낌입니다. 자리를 옮겨 새로이 문을 연 지도 60년이 다 되는 이 가게는 시어머니에 이어 며느리가 운영을 하고 지금은 주말마다 가까이 살고 있는 따님도 어머니를 돕고 있습니다. 근방에서도 꽤 크고 번듯했던 이곳은 안채에서 음식 장사도 겸하면서 손님도 많이 드나들고 제법 장사가 잘되었다고 합니다. 지금은 지척에 마트가 생겼지만 매번 가게 안은 마실 나온 동네 손님으로 도란도란 정겨웠습니다. 단순히 물건만 파는 가게와는 다른 의미, 제씨상회가 지금까지 문을 열고 있는 이유가 여기에 있는 듯합니다.

저도 가게 앞에 조용히 다가가 '제 씨 아주머니!'하고 불러 봅니다. 눈을 감으면 가게의 살구색 벽이 햇살에 비쳐 눈부시게 반짝입니다.

샘
터
상
회
앞
에
서

불과 반세기 전만 해도 동네 어귀에는 맑은 샘터와 우물이 하나씩
자리했습니다. 정화수를 떠서 소원을 비는 신성한 장소이자 마을 사람들이
식수와 생활용수를 길어다 쓰는 나눔터였습니다.
샘물은 깊은 지하수맥 통로에서 스스로 정화 작용을 거쳐 땅 위로 폴폴
솟아나 이끼 낀 바위를 맴돌다 조금씩 아래로 흘러 내려갑니다. 결코
넘쳐나지도 마르지도 않는 투명한 샘터 바닥 돌 틈 사이로는 일급수에만
산다는 가재도 보입니다. 동네의 큰 자랑거리였던 샘터는 경지정리사업과
무분별한 개발로 메워지고 오염되어 점점 자취를 감추었지요.
샘터상회에서 플라스틱 병에 담긴 생수를 사 들고 한 모금 마시자니
어릴 적 정신없이 뛰어놀다 두 손으로 손 바가지를 만들어 한껏 들이켰던
그 달고 시원한 샘물 맛이 생각납니다. 고왔던 산천을 다시 되돌릴 순
없을까요?

통영의 당포항 근처 원항1길 작은 해안가 마을에 샘터상회가 있습니다.
얼핏 지나치기 쉬운, 특별할 것 없는 자그마한 가게이지만 새로 칠한 듯한

하얀 벽에 정성껏 써 내린 손글씨가 유달리 눈에 밟힙니다. 예전에 샘터가 있던 자리였을까요?
그 옛날 이곳에 삼삼오오 모여 앉아 빨래하던 아낙네의 정겨운 수다가 들리는 듯합니다.
소금기 가득 고단한 어부는 평상에 앉아 탁주 한 사발 들이켜고, 하루 종일 걸어 발바닥이
아픈 저는 간이 의자에 앉아 어부의 넋두리를 귀 넘어 듣습니다. 누구에게나 삶은 녹록치
않아 집으로 향하는 어부의 뒷모습이 파도와 함께 출렁입니다. 해가 기울며 하루가 또 그렇게
흘러갑니다.
만선을 꿈꾸는 어부는 내일도 바다로 향할 테고 어딘가에 버티고 있을 구멍가게를 찾는 저의
여정도 계속됩니다.

❖ 샘터상회 | 경남 통영시 | 22×28cm | 2017

약
장
수

집집마다 텔레비전이 보급되지 않아 딱히 볼거리나 놀이가 없었던 시절,
서커스단과 유랑극단이 공연하러 오거나 약장수가 물건을 팔러 오면
코흘리개 아이부터 지팡이를 짚어야 하는 몸 불편한 노인들까지 공터로
몰려듭니다.
서커스에서 봤던 키 작은 난쟁이 아저씨와 연체동물처럼 유연한 언니들과
발로 돌리는 항아리, 접시돌리기, 하늘을 나는 곡예사들의 아찔한 묘기가
생각납니다. 유랑극단의 공연이 시작되기 전 무대 뒤를 왔다 갔다 하는
배우의 진한 분장이 신기했고, 흙바닥에 깔아 놓은 멍석에 앉으면 어른들의
커다란 등과 머리 사이로 시원스레 볼 수 없었지만 금세 연극에 빠져들어
재미있게 공연을 봤습니다.
〈이수일과 심순애〉 그리고 또 하나는 제목은 모르지만 아들의 성공을
위해 뒷바라지하는 불쌍한 어머니의 삶을 그린 신파극이었는데 훌쩍이는
어른들을 보면서 덩달아 눈물이 났습니다. 약장수 아저씨가 올 때면
커다란 원을 그리며 사람들이 모였습니다. 병풍처럼 둘러싸인 어른들
틈바구니를 애들이 힘겹게 비집고 들어가 볼라치면 야속하게도 "애들은

가라!" 내쫓기 십상입니다. 그렇다고 구경을 놓칠 수야 없지요. 어른들 옆에 서서 어찌 되었든 요래조래 재미난 구경을 했습니다. 차력사는 입으로 커다란 불을 내뿜고 두꺼운 각목을 격파도 하고 심지어 손을 묶은 두꺼운 쇠사슬도 끊었습니다. 신기한 차력 시범이 펼쳐지는 사이사이 약장수가 만병통치약으로 못 고치는 게 없다고 확성기에 대고 떠들어 대면 혹하고 넘어간 몇몇 어른이 약을 샀습니다.

약 중에 으뜸은 회충약입니다. 그땐 너 나 할 것 없이 회충을 몸에 지니고 살았습니다. 시범으로 앞에 있는 아이에게 약을 먹이고 회충을 끄집어내기도 했습니다. 지금 같으면 생각할 수도 없는 일이지만 그땐 그랬습니다.

뭐든 부족하고 모두가 가난했던 시절엔 약장수의 어설픈 속임수도 거기에 적당히 속아 주는 어수룩한 어른도 다 같이 순박했습니다.

친절슈퍼 | 경남 통영시 | 35×35cm | 2018 ❖

대산마을 점방

우연히 8년 전 〈경남도민일보〉에 실린 함안 여항면 주서리 대산마을에서
'점방'하는 곽○○ 할머니에 대한 기사를 읽었습니다. 이 땅 골목 어딘가에
제가 미처 알지 못하고 발걸음이 가닿지 못한 이름도 간판도 없는
구멍가게가 아직 남아 있을 텐데, 이 가게를 소상히 소개한 기자님이
고마웠습니다. 한껏 웃으시는 할머니의 얼굴과 반평생 넘도록 함께한
점방의 구구절절한 이야기에 당장이라도 찾아 나서야 할 것 같았습니다.
할머니 연세가 86세 되셨으니 아직 가게 문이 열려 있을 수도 있겠다는
간절한 바람 하나로 대산마을로 향했습니다. 비록 흙먼지 뽀얗게
분칠했지만, 아! 아직 가게가 그대로 있었습니다.
옥빛 양철지붕은 검은 함석지붕으로 바뀌고 누가 떼어 갔는지 옛날 담배
간판도 간첩 신고하는 집이란 글자판도 사라져 버렸습니다. 열려 있는
문으로 툇마루가 깔린 두어 평 남짓한 좁은 공간이 한눈에 들어왔습니다.
마루 한복판에 할머니께서 가로로 누워 계셨습니다. 곤하게 낮잠을
주무시나? 혹시 편찮으신 건 아닐까? 할머니 발치에 쪼그려 앉아
일어나시길 기다렸습니다. 밭일하고 오신 듯 거친 발에 흙이 잔뜩 묻어

있었습니다. 먹빛의 그을린 천장 서까래에는 듬성듬성 거미줄이 매달려 있고 흙먼지를 뒤집어쓴 툇마루는 닳아서 검은 대리석처럼 반질거리고 좁은 벽면 사이 ㄱ자로 놓인 나무 선반 위에는 성냥, 소주, 세제, 면장갑 같은 물건들이 얹어져 있었습니다.

마주한 할머님은 사진으로 보았던 모습보다 야위셨고 흰머리는 더욱 은빛으로 빛났습니다. 귀가 어두워서 소리를 못 듣는다고 미안해하셨습니다. 몇 군데 병원을 가 봤는데 별 방법이 없어서 그냥 이렇게 지낸다고 하셨습니다. 할머니 귀에 얼굴을 바싹대고 "서울에서 할머니 뵈러 왔어요"라고 큰 소리로 말씀드리자 그제야 깜짝 놀라시며 사라진 할머니의 청력 대신 더 맑은 목소리와 기억을 갖게 되신 듯 또랑또랑 쉼 없이 예전 이야기를 엊그제 일처럼 풀어놓으셨습니다. 말동무가 그리우셨나 봅니다. 다행히 목소리에서 정정함이 느껴졌습니다. 오려서 고이 보관해 둔 그 신문 기사를 보여 주며 자랑도 하셨습니다. 가게 옆으로 난 문을 열고 무쇠솥이 걸려 있는 아궁이 부엌을 가리키며 "이 좁은 부엌에서 남편과 네 아들 도시락이며 일하는 사람들 밥을 다 해 먹였는데 힘들었어도 그때가 사람 사는 것 같았지" 하시고는 말문을 열기 시작했습니다.

의령군 정암다리 너머에 있는 함안 군북면 월촌리가 고향인 할머니는 열일곱에 결혼과 함께 이곳으로 와서 반평생 넘게 정류소와 점방 일을 하셨답니다.

"60년쯤 전에 '천일회사 정류소'부터 가게를 시작했는데 우리 남편이 소장이었어. 일본에서 고등학교까지 다녀서 엄청 똑똑한 양반이었는데 오래전에 돌아가셨지. 벌써 30년 되었나? 아이고 그 양반 간 지도 오래됐구먼. 버스 기사랑 차장들이 정류소에서 쉬어도 가고 아침에 일찍 버스를 몰아야 할 때면 자고 가는 기사도 있었지. 그 사람들 밥도 해 줬는데 그때 밥값으로 5환을 받았어."

할머니의 집은 네 칸짜리 기와집 구조를 갖추고 있습니다. 양쪽에 점방과 창고가 있고, 가운데 두 개의 방이 버스 운전기사와 차장이 각각 잠자는 방이었습니다. 공중전화가 있는 유일한 곳이라 정부 당국과 군에서 '(간첩) 신고하는 집'이라는 작은 간판을 달아 놓기도 했습니다.

"6·25 사변 직후, 막내아들 젖 먹이면서 이 집을 지었는데 오래되어서 물도 새고 하니 얼마 전에 애들이 함석지붕을 얹어 줬어."

멀리 떨어진 강원도, 강릉, 부산, 진해에 사는 아들 자랑을 하십니다.

타는 사람이 거의 없어 오래전 버스가 끊겼는데 가게 앞 '우성 여객 정류소' 간판은 여전히 남아 있습니다. 지금은 점방 맞은편 마을회관 옆 정류장에 경상남도에서 보낸 차가 하루 서너 번씩 온다고 합니다.

"예전에는 버스가 아홉 대 다녔는데 가야까지 150원, 마산은 300원. 담배는 금잔디 15원, 백양 20원, 아리랑 35원"이라며 옛 기억을 더듬어 차비와 담뱃값을 떠올리십니다.

요즘은 오래 둬도 상하지 않는 술, 담배, 세제, 식용유만 들여놓는다고 합니다.

나무 문틀 모서리처럼 마모된 유리병에 담긴 소주 두 병과 골동품 같은 곽성냥을 신문지로 싸 주며 잘 가라고 손을 흔들어 인사를 하셨습니다.

5월의 끝자락, 느지막이 우박처럼 떨어지는 감나무의 희고 단단한 작은 통꽃이 아름답다 못해 사뭇 애처로웠습니다. 가을이 되어 감이 붉게 익을 무렵에 누군가는 그 꽃을 기억할 수 있을까요. 대산마을 점방에서 잠시나마 할머니의 말동무가 되어 드려 기뻤습니다.

❖ 함안 주서정류소 가게 | 경남 함안군 | 75×135cm | 2019

제주도 구멍가게

제주도 하면 우선 한라산의 백록담, 오름, 둘레길, 돌하르방, 귤, 바람, 해녀,
4·3사건, 그리고 제주 사투리가 떠오릅니다.

그림을 그리는 저에게 친숙한 대정읍 추사 김정희 유배지와 서귀포 이중섭
거리가 있어 제주도가 그리 멀다고 생각되지 않습니다. 제주도 이야기를
하니 마음은 섬에 먼저 닿아 있는 듯합니다.

그동안 제주도에 여러 번 다녀갔지만 바쁜 일정이 있는 짧은 여행길이라
항상 아쉬웠습니다. 마음먹고 구석구석 구멍가게를 찾아볼 생각으로
두 해 전 이른 겨울 제주도에 갔습니다. 6년 전 제주도립미술관에서
기획한 전시에 참여하며 제주도에 들렀을 때 보았던 가게를 다시
찾아갔더니 온데간데없고 그사이 섬마을에서 볼 수 있었던 옛 모습도 많이
달라졌습니다.

설렘으로 찾아갔으나 이미 문을 닫은 중산간동로의 '와산상회'와 구좌읍
김녕로의 '폭낭슈퍼' 앞에는 커다란 나무만이 덩그러니 자리를 지키고
있었습니다.

서귀포 토상로의 조용한 마을 한복판에 있는 '동네거리상회'에는 국가

유공자이셨던 아버지의 군복 사진을 가게 안에 걸어 두고 자랑스러워하는 반백의 아들이
있습니다. 어릴 적 태어나고 자란 기억을 고스란히 간직한 집에서 아버지가 하시던 가게를
이어받아 홀로 지키는 중입니다. 서귀포시 소암로의 '진영슈퍼'는 몇 해 전 고향으로 내려와
친정어머니와 함께 운영하는 가게로 동네 사람들이 즐겨 찾는 사랑방이라고 합니다. 추자면
추자로에 있는 '숙이네슈퍼'는 서울살이 하다 남편과 함께 고향에 돌아와 어릴 적 매일 들렀던
동네 구멍가게를 인수해 자신의 이름으로 작은 간판을 내걸었습니다. 동네 오라버니들이
하도 외상을 해서 '외상사절'이라고 써 놓긴 했다지만 별 소용이 없다네요. 아직도 이곳은
외상장부로 거래하는 인심이 남아 있구나, 생각하며 슬며시 웃음이 나왔습니다.
사람이 모여 사는 항구 주변에는 작은 가게들을 볼 수 있었고 어떤 곳에선 가게가 새로운
시작을 하고 있어 기뻤습니다. 얼마 전 잘려 나간 비자림로의 삼나무들을 보니 안타까웠습니다.
당장 앞에 있는 이익과 편리함만을 추구한 무분별한 개발로 인해 자칫하면 그 지역의 매력을
잃을 수도 있습니다. 돌이킬 수 없는 선택을 하지 않도록 생각하고 또 고민해야 합니다.
다행스럽게도 동네를 든든히 지키고 계신 분들을 만나 뵙고 아름다운 축복의 땅에서 작은
희망을 품고 돌아왔습니다. 제주도는 우리가 지켜야 할 보석과 같은 곳입니다.

와산상회 | 60×73cm | 2019 ❖

❖ 동네거리상회 | 제주 서귀포시 | 60×73cm | 2019

❖ 진영슈퍼 | 제주 서귀포시 | 49×86cm | 2019

숙이네슈퍼 | 제주 서귀포시 | 45×53cm | 2019 ❖

옥산로가게

이른 밤, 합천 왕후 시장통 골목은 어둡고 고요합니다. 하루를 일찍
마감하는 시골의 밤은 길고 깊습니다. 저만치 홀로 어둠을 지키는
파수꾼같이 희미한 불빛의 구멍가게가 보입니다. 한 청년이 문을 열려고
애를 씁니다. 낡은 나무 문틀이 삐거덕거리며 말을 듣질 않습니다. 두
손으로 문틀을 살짝 들어 올려 달래듯 밀면 될 텐데요. 요령이 없는 걸 보니
가게의 단골손님은 아닌가 봅니다.

합천시장이 생긴 이래 시장 골목 사람들의 쉼터였던 '옥산로가게'는 어느덧
50년 세월이 지나며 문틀도 지붕도 담벼락도 나란히 나이를 먹었습니다.
지난달 오래오래 함께했던 할머니를 멀리 떠나보내셨다는 할아버지의
밤은 외로운 긴 한숨의 시간입니다. 가게의 불빛도 밤새워 뒤척입니다.
무거운 제 발걸음만큼이나 저무는 구멍가게의 시간은 적막하고
애틋합니다.

❖ 옥산로가게 | 경남 합천군 | 38×70cm | 2019

연
화
슈
퍼

1845년 3월 말, 도끼 한 자루를 빌려 월든 호숫가 숲을 찾아간 헨리
데이비드 소로우는 홀로 터를 다듬고 작은 통나무집을 짓습니다.
그곳에서 자연과 함께하는 소박한 삶을 실천하면서 숲에서의 생활을
시작합니다. 비록 2년의 짧은 시간이었지만 월든 호숫가의 모든 생명체가
기지개를 켜고 부활하는 봄의 시작은 그에게 크나큰 기쁨이자 인생의
전환점이었을 것입니다. 200여 년이 지난 지금, 봄은 어김없이 우리 곁에
찾아오지만 소로우의 말처럼 우리는 우리가 만들어 놓은 도구 안의
도구가 되어 버렸는지도 모르겠습니다. 우리의 몸도 자연의 일부임을
자꾸 잊어버리는 것 같습니다. 가끔 제가 가진 능력보다 더 많은 일을
하고 쫓기듯 시간을 따르다 보니 따복따복 오르던 걸음이 순간 흐트러져
숨이 가빠지기도 합니다. 삶의 본질을 마주하기 위해 숲으로 간 소로우의
용기와 선택이 사뭇 부러운 요즈음입니다.
1997년 IMF 외환위기 때 도심에서 빠져나와 처음 구멍가게를 그렸던
퇴촌에서의 시간, 어린 눈에도 어른들의 삶이 녹록치 않아 보였지만 마냥
평화롭게 산과 들로 뛰어다니며 놀고 올갱이 잡고 물장구치던 맑은 강물이

흐르던 내 고향 유년의 산골 생활은 지금 회상하는 것만으로도 팍팍한 삶에 커다란 위안입니다. 돌이켜보면 자연과 함께한 그 시간의 기억이 제 삶에 뿌리가 되고 양분이 되었습니다.

어느 봄, 꽃 마중하러 남쪽으로 길을 나섰습니다. 도심을 벗어나 한 발 자연에 다가선 것만으로도 마음이 맑아졌습니다. 깊은 산사의 달고 시원한 약수 한 바가지, 미세먼지 걱정 없이 들이마시는 청량한 공기, 고개가 아픈 줄도 모르고 올려다본 밤하늘, 흐르는 계곡 물 웅덩이에 사는 작은 물고기, 움이 트길 숨죽여 기다리는 나무 사이를 날아오르는 산새 소리…. 자연이 주는 선물을 한 아름 받았습니다. 남도의 산양읍 연화리, 나지막한 산비탈 아래 자리 잡은 가게 터를 찾았습니다. 경사면을 주변의 돌로 촘촘히 정성껏 쌓아 올린 돌담 위로 연분홍 벚꽃이 흐드러지게 피었습니다. 그림 속 연화슈퍼는 녹색 대문, 빨간 우체통, 나무 의자, 노란 진열대 위에 올망졸망 놓인 소박한 물건이 봄 햇살에 꽃처럼 반짝입니다. 봄꽃에 둘러싸인 가게는 속세와 단절된 듯 고요해 월든 호숫가에 지은 작은 오두막을 떠오르게 합니다. 구멍가게로 가는 길, 팍팍해진 삶에 쉬어 가는 여백의 시간이 되었으면 합니다.

❖ 연화슈퍼 | 59.5×73cm | 2018

소소하지만 기품 있는 구멍가게,
오래도록 함께할 수는 없을까?

요즈음 드라마와 영화에 구멍가게가 자주 등장하곤 합니다. 얼마 전
영화 〈기생충〉 서울 촬영지인 '돼지슈퍼'에 사람들의 발길이 몰렸습니다.
사실 '석이수퍼', '연희네슈퍼', '원영마트', '애광상회' 등 드라마나 영화의
인기에 힘입어 반짝 주목을 받기도 했지만 이런 관심이 가게주인에게는
여러 이유로 마냥 좋을 수만은 없는 상황이었을 것입니다. 게다가 영화 속
화두로 던져진 빈부격차와 소통, 공존에 대한 사회 각 계층의 의견들이
분분하였고 냄새로 말미암은 허물 수 없는 경계가 긴 여운을 남겼습니다.
지금까지 문을 연 구멍가게는 유통구조 변화의 소용돌이 속에서 경제적인
어려움을 겪고 있습니다. 그래도 희망을 잃지 않고 지금까지 오랜 세월
버텨 왔을 것입니다. 어찌 보면 우리 삶의 모습도 별반 다르지 않습니다.
서울 종로의 '원흥상회' 주인은 구멍가게에서 얼마나 번다고 월세를 자꾸
올려 달라고 하니 수십 년 된 가게를 곧 닫아야 될 것 같다고 하시고
제 작업실 아래 '삼익슈퍼' 아저씨는 작은 구멍가게는 점점 기본적인
물건조차 공급받기 어려워 오래 하고 싶어도 할 수 없는 상황이라며
"이제 구멍가게의 시대는 갔어!" 하십니다.

1970년대에 지어진 가게를 만나면 어느 드라마 대사처럼 "나랑 같아, 74년생!" 하면서 쳐다보게 됩니다. 다섯 살 때 '삼익슈퍼' 오락기 앞에 앉아 신나서 게임을 하느라 모기에 수십 방 물렸던 날을 여전히 기억하고 있는 둘째 아이는 어느새 커서 군대에 갔습니다. 함께한 시간만큼 떠올릴 기억도 많습니다. 저도 어느덧 오십의 중년이 되었습니다. 주위 사람들, 낯익은 풍경, 정든 공간과 함께하는 이 시간이 더 소중하고 애틋하다는 걸 이제야 조금 알 것 같습니다. 오래된 기억의 장소가 거의 남아 있지 않기에 어쩌다 그 비슷한 공간에 머물게 될 때 소름 돋는 경험을 합니다. 되돌아갈 수 없는 시간이기에 두고 온 사람, 그 시절 추억이 떠올라 막연한 그리움에 가슴이 먹먹해집니다.

지금은 구멍가게가 세월에 낡고 빛바랜 모습이어도 조용히 다가가 귀 기울이면 질곡의 세월을 성실하게, 때로는 해탈한 선인처럼 살아온 구구절절한 사연이 들려옵니다. 그래서 저는 가게주인의 청춘이, 삶이, 추억이 깃들어 있어 당당하고 푸릇푸릇한 모습으로 기억되기를 바라는 마음으로 구멍가게를 되도록 따뜻하고 정겹게 그렸습니다.

책을 읽고 나서 그림 속 구멍가게같이 정겨운 가게를 찾아 나서는 독자분도 계실 줄 압니다. 그리 멀지 않은 곳에 그동안 무심히 지나쳐 온 오래된 구멍가게를 만날 수 있습니다. 다소 낡고 허름한 모습이더라도 조용히 눈을 감고 30-40년 전으로 시간을 되돌려 가게의 젊은 날을 한번 떠올려 보세요! 그러면 책 속 가게의 모습과 닮아있을 것입니다. 문을 열고 들어가 음료 하나 과자 한 봉지라도 사 들고 주인어른께 안부 인사 한마디 건네고 나오면 어떨까요? 우리 곁에서 오랫동안 함께 해온 가게를 응원하고 지킬 수 있는 작은 걸음이라 생각됩니다.

헬레나 노르베지 호지의 〈로컬의 미래〉를 읽으며 작은 구멍가게가 단순히 옛 기억을 떠올리는 추억의 공간에 머무르지 않고 우리 곁에서 오래도록 함께할 수는 없을까, 하는 생각을 했습니다. 이상적인 꿈일지라도 한번 꿈꿔 보려고 합니다.

구멍가게 그림들이 단순한 기록과 보관의 의미를 넘어 어떻게 하면 시대와 문화를 아우르고 함께 공존할 수 있을지에 대한 질문을 던져 봅니다. 구멍가게를 아끼고 더 이상 우리 곁에서 사라지지 않게 지켜지기를 소망하는 마음들이 모여 작은 힘이라도 보탬이 되기를 바라며 이제 그 희망을 기둥 삼아 그동안 모아 두었던 씨오쟁이를 엽니다.

책이 나올 때마다 긴 터널을 지나는 것 같습니다. 첫 책이 나왔던 몇 년 전 탄핵정국으로 나라가 들썩였고 지금은 코로나19로 세계가 몸살을 앓고 있습니다. 친구가 그러더군요. 못 만나게 하는 병, 외로움에 빠지게 하는 병이라고요. 아무쪼록 모두 무탈하시길 바라며 이 책이 모습을 모두 갖출 때 즈음 피어나는 봄꽃처럼 반가운 소식을 들고 다시 구멍가게 주인분들을 찾아 뵐 수 있기를 바랍니다.
지금도 열려 있는 오래된 가게, 한결같이 자신의 자리를 지키며 올곧게 살아오신 삶을 열렬히 응원하며 그 어르신들에게 이 책을 바칩니다. ✽

도서출판 남해의봄날 로컬북스 19
이웃한 도시라도 자세히 들여다보면 서로 다른 자연과 문화, 아름다움을 품고 있습니다.
독특한 개성을 간직한 크고 작은 도시의 매력, 그리고 지역에 애정을 갖고 뿌리내려 살아가는
사람들의 이야기를 남해의봄날이 하나씩 찾아내어 함께 나누겠습니다.

구멍가게, 오늘도 문 열었습니다

초판 1쇄 펴낸날 2020년 6월 15일
　　　9쇄 펴낸날 2024년 10월 1일

글, 그림　　이미경
편집인　　장혜원 책임편집, 박소희, 천혜란
마케팅　　조윤나, 조용완
디자인　　류지혜

종이와 인쇄　　미래상상

펴낸이　　정은영 편집인
펴낸곳　　(주)남해의봄날
　　　　　경상남도 통영시 봉수로 64-5
　　　　　전화 055-646-0512
　　　　　팩스 055-646-0513
　　　　　이메일 books@nambom.com
　　　　　페이스북 /namhaebomnal
　　　　　인스타그램 @namhaebomnal
　　　　　블로그 blog.naver.com/namhaebomnal

ISBN 979-11-85823-58-4 03810
© 이미경, 2020